目次

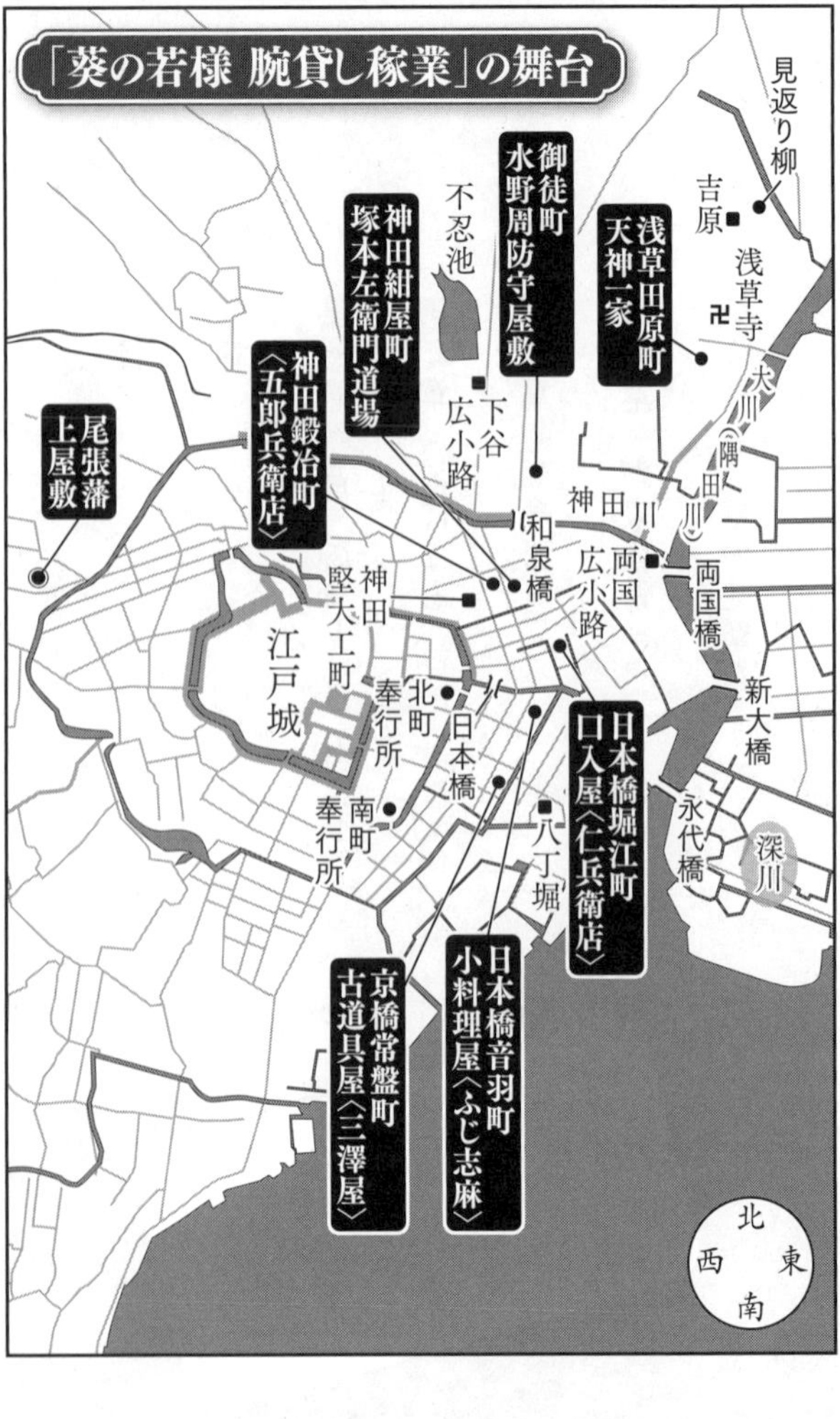
「葵の若様 腕貸し稼業」の舞台
見返り柳
吉原
浅草寺
浅草田原町
天神一家
御徒町
水野周防守屋敷
不忍池
神田紺屋町
塚本左衛門道場
下谷
広小路
神田鍛冶町
〈五郎兵衛店〉
尾張藩
上屋敷
大川
（隅田川）
神田川
和泉橋
両国
広小路
両国橋
神田
堅大工町
江戸城
北町
奉行所
日本橋
南町
奉行所
新大橋
日本橋堀江町
口入屋〈仁兵衛店〉
永代橋
深川
八丁堀
日本橋音羽町
小料理屋〈ふじ志麻〉
京橋常盤町
古道具屋〈三澤屋〉
北
西
東
南

序章

男の手には、淡《あわ》い月の光を反射して、闇《やみ》の中に暗く鈍く光る短筒《たんづつ》が握《にぎ》られていた——。

全長一尺五分（約三十二センチ）、銃身七寸三分（約二十二センチ）、口径四分（約一・二センチ）。黒く冷たい鋼《はがね》は禍々《まがまが》しさを湛《たた》えていた。

ズダーン！

夜のしじまに銃弾の炸裂《さくれつ》音がこだまする。

五つ半（午後九時）を過ぎたばかり——。まだ軒行灯《のきあんどん》が温かく灯《とも》り、酔客《すいきゃく》を呼んでいる時刻だ。

ここ竪大工町《たてだいくちょう》は、神田川《かんだがわ》沿いの筋違御門《すじかいごもん》からまっすぐ南へ行ったところにある。その名の通り職人たちが多く住む町だ。

大工の棟梁《とうりょう》、藤吉《とうきち》が撃《う》たれた。

弟子の源太《げんた》と暖簾《のれん》を潜《くぐ》ろうとした居酒屋〈蛸八《たこはち》〉の障子戸《しょうじど》に、大きな音をたてぶつかり、胸をかきむしるように押さえて頽《くずお》れた。

四十を幾つか超えたか、髪は黒く太い髷《まげ》、髭《ひげ》の剃《そ》り跡も青い、がっしりとした男盛りの風体《ふうてい》だ。〈蛸八〉に居合わせた酔客三、四人が飛び出してきて口々に叫んだ。

どうしたっ、何が起こったんでぇ、と藤吉を取り囲んだ。

「親方、親方ァ」

と叫《さけ》んでしがみついた弟子の源太が、藤吉の体を抱え起こした。

「源太ぁ……む、胸が痛《いて》ぇ」

苦しい息の下からかすれ声が漏《も》れ出た。

「親方、待っておくんなさい。今、番所から町役《まちやく》を呼んで来まさぁ」

酔客の誰かが云《い》った。

「それより、医者だ、お医者を呼ぶのが先だ」

ほかの客が応《こた》えた。

「それなら順庵《じゅんあん》先生だ。ここからなら一町（約一〇九メートル）先だぜ」

「おい、戸板はねえか？　呼びに行くより、担《かつ》ぎ込もうぜ。おい、戸板だ、戸板を持ってこい」

「おい、兄《あん》ちゃん、おめえは付いててやんな。それから家族だ。誰か家の方へ知らせに走れ。自身番《じしんばん》の方は俺が知らせてくらぁ……」

一人が酔いも吹っ飛んだ様子で、神田鍋町《かんだなべちょう》との四辻《よつつじ》にある自身番へ駆け去った。誰かが店の裏から戸板を運んで来て、さぁ、静かに載せろよ、手を貸せ、と四方から手を差し伸べて、倒れた藤吉を戸板に横たえた。

暗闇《くらやみ》からじっとその様子を眺めていた黒い影が、闇に溶《と》けるように何処《どこ》かへ消え去った——。

やがて、四人が担いだ戸板に載せられて、藤吉が運び込まれたのは、鍋町横丁に開業する、医師順庵の仕舞屋《しもたや》だった。

順庵は、医は仁術なり、を信条にした施術で町衆に慕《した》われる蘭方医術を修めた人物だ。白いやぎ髭を顎《あご》に蓄《たくわ》え、少ない毛髪を束髪《そくはつ》にして垂らしている。痩《や》せぎすの躰《からだ》を屈《かが》め、藤吉の傷《きず》を覗《のぞ》き込んで云った。

「う〜む、鉄砲か短筒で撃たれた傷痕《あと》だな。まだ鉛玉《なまりだま》が中に残っておる。よし、すぐにも弾を取り出さんと……しかし、こんな町中で何故《なぜ》？」

口の中でぶつぶつ呟《つぶや》きながら、医師順庵は、慎重に小刀で挫創《ざそう》を切り開き、弾丸を取り出そうとした。

その間、藤吉は手拭《てぬぐ》いを咥《くわ》え、歯を喰いしばって痛みに耐えた。担ぎ込んだ酔客四人が痛みで暴れる藤吉の手足を押さえた。しばらくすると、暴れていた藤吉の体から、ふっと力が抜けた。気を失ったようだ。

ようやく取り出した少し歪《ゆが》んだ弾を、順庵は白衣を着た助手の持つ小皿の上にカランと落とした。それを抓《つま》み上げ、ためつすがめつ眺めていた順庵の表情が変わった。始めは怪訝《けげん》な様子だったが、徐々《じょじょ》に驚愕《きょうがく》に眼を見開き、呻《うめ》くように呟いた。

「何じゃこれは……」

そのひしゃげた弾には、将軍家の象徴たる、三つ葉葵《あおい》の御紋が刻《きざ》み込まれていたのだ。居合わせた皆が首を突き出して覗き込んだ。

ちょうどその時、自身番から年老いた町役一人と大柄な男が息せき切って駆け込んで来た。大柄な男は後ろ帯から十手《じって》を抜いて見せながら云った。

「俺ぁ、三ノ輪《みのわ》の辰蔵《たつぞう》って御用聞《ごようき》きだが、何があった？」

居合わせた〈蛸八〉の客たちも何が起こったのか皆目《かいもく》分からなかったが、お互いが顔見合わせて勝手なことを喋《しゃべ》り始めた。

「お、親分、それがいきなりど〜んと障子戸に……」

「いえね、あっしらが担ぎ込んで……」

その騒然とした中に、弟子の源太の案内で、藤吉の女房のおよしと七つになる娘のきえが駆け込んで来た。源太が、藤吉の耳元に口を寄せて叫んだ。

「親方ッ、おかみさんとおきえちゃんですぜ」

「お前さん、大丈夫かい」

「お父《と》っつぁん、どうしたのぉ？」

意識を失った藤吉の上から覗き込んで、母子がしがみつくように声をかける。

「これこれ、今が命の瀬戸際《せとぎわ》じゃ。動かすのはよくない」

順庵がたしなめた。涙を目にいっぱいに溜めた母子は、互いの手を握り合って気づかわしげに後退《あとずさ》った。

「先生、うちの人はどうして、こんなことに……」

「いやぁ、わしにも全く分からん。お〜い、何か見た者はおらんのか？」

隣の間に控えていた源太が云った。

「へえ、今日は建前《たてまえ》祝いがありやして、施主《せしゅ》さんのお呼ばれに与《あずか》ったあと、ちょいと一杯引っ掛けに。おいらと親方が〈蛸八〉へ入ろうとしたんでさぁ。そん時、正面からふいと出てきた頭巾《ずきん》を被ったお侍《さむれ》ぇがいきなり、懐《ふところ》から何かをひっこ抜いて……パーンと大きな音がして」

「何だと！　そいつぁペストルとかいう鉄砲じゃねえのか？」

三ノ輪の辰蔵の形相《ぎょうそう》が変わった。

「ええっ？　ペストル？　なんだいそりゃあ……なんでそんなもんで……」

「ご亭主は辻斬《つじぎ》りに遭《あ》ったようなものだ。見てみなされ、これを。葵の御紋が刻まれておる……」

順庵が髭をしごきながら掌中の弾丸を差し出して云った。

「葵の御紋だと？　先生、ちょいと見せておくんなさい」

辰蔵がつまんで眺め、首を傾《かし》げて、うぅ〜む、と唸《うな》った。

「こいつは……お上《かみ》に届けなきゃならねえ。預からしてもらいやすぜ」

およしが泣き声で悲痛な声をふり絞って云った。

「そんな将軍様の御印が刻まれた鉄砲玉で、何でうちの人が……」

「わしも長崎《ながさき》で修業中に阿蘭陀《おらんだ》渡りの短筒なるものを見たことはあるが、三つ葉葵が刻印された弾丸などは、初めてじゃ。何か、意味が……まさか幕府の威厳を知らしめようとか、反対に徳川様に罪を擦《なす》りつけようとか……」

その時、意識を失っていた藤吉が苦しげに呻いた。

「お前さん、お前さん、気が付いたかい？　どうだい、痛むのかい？」

涙を溢《あふ》れさせた顔でおよしが縋《すが》りついた。娘のきえは、ただしくしく泣くだけだ。

およしときえの声が聞こえたのだろう。藤吉の手が力無く虚空《こくう》をまさぐり、妻と子を探した。

「お前さんッ」

「お父っつぁんッ」

同時に二人の手は夫の、父の手を握り締めた。

「す、すまねぇ……すま……」

言葉は途中で吐息となって、消えた。土気色の顔ががっくりと横に傾いた。

息を呑《の》んだおよしの顔が歪み、藤吉の胸に覆いかぶさった。

「親方ァ」

源太は泣き崩れた。嗚咽《おえつ》と慟哭《どうこく》が部屋の空気を支配した。

「なんで……誰が、こんなことを……犬死にじゃないか」

哀《かな》しみの泣き声が途《と》切《ぎ》れ途切れに、およしの喉《のど》からほとばしり出た。

きえは、肩を震わせて、お父っつぁんと呟き、泣きじゃくるばかりだ。

〈蛸八〉から、担ぎ込んだ連中も、今までどうなることかと固唾《かたず》を呑んで見守っていたが、あまりに呆気《あっけ》なく息を引き取ってしまったこの状況に、茫然《ぼうぜん》としていた。

およしの言葉通り、藤吉は訳も分からぬ犬死にであった。

将軍家の家紋、三つ葉葵が刻印された弾丸に、罪もない町衆である大工の命が奪われたのだ。

第一章　萬《よろず》、腕貸し仕《つかまつ》り候《そうろう》

一

風はまだ冷たいが、やわらかい春の陽射《ひざ》しが心地よい。往来の町衆の足取りも軽く感じられる、弥生（三月）の昼下がり――。

身の丈《たけ》五尺九寸（約一七八センチ）はあろうかと思われる大柄な若い侍《さむらい》が一人歩いていた。

その名を水川敬之助《みずかわけいのすけ》という。

月代《さかやき》をきれいに剃《そ》り、高い鼻梁《びりょう》に涼《すず》しげな眼差《まなざ》し、青色の紬《つむぎ》の着物に折り目のついた袴《はかま》を身に着け、腰には立派な大小二刀を帯《お》びている。眉目秀麗《びもくしゅうれい》と云《い》っていい面立《おもだ》ちが、物珍しげに周囲を見回しながら、春風駘蕩《しゅんぷうたいとう》といった風情《ふぜい》で歩いていた。

敬之助が松枝町《まつえちょう》の角を西に曲がった途端《とたん》だった。

腹のあたりに子供の頭がぶつかった。子供は、あっと声を漏《も》らして後ろに尻餅《しりもち》をつく。その手からさつま芋がゴロゴロと転がり落ち、道端に散らばった。まだ懐《ふところ》には何本かの芋が残っているようだ。

「この小僧ッ！」

大声とともに、追い掛けてきた商人《あきんど》が、息を荒らげて子供の首っ玉を摑《つか》んだ。

「このガキ、やっととっ捕まえたぞ。これで何度目だァ。もう許さねえ」

同時に拳骨《げんこつ》が子供の頭を打った。アイテッ、と子供の顔が歪《ゆが》む。

もう一度ふり上げた商人の手を、敬之助が腕を伸ばして握《にぎ》った。

「止《や》めなさい。相手はまだ子供だ」

「お侍《さむれ》ぇさん、こいつは盗《ぬす》っ人《と》だ！　店先から、もう何度も売り物の品を盗みやがって」

「そう云っても、見ての通り幼な子じゃありませんか。大人《おとな》げないことをなさる」

青物屋らしき商人は集まってきた人たちの顔をぐるりと見回し、敬之助の背中に隠れた子供に指を突き付けて云った。

「あたしは〈八百善《やおぜん》〉ってんだが、みんなも知ってるよな？　こいつは裏のなめくじ長屋の子で、手癖《てくせ》が悪いので知られたガキさ」

野次馬《やじうま》の中からけしかけるような声が聞こえた。

「そうだッ。クセになる。ぶっ叩《たた》いて思い知らせてやれ」

「よし、この芋の分は私が払おう。それで勘弁してやってくれぬか」

「いんや勘弁ならねえ。今日こそは番所へ突き出してやる！」

息巻く鼻先に紙入れから取り出した一分金を差し出した。

「これでは足らぬかな？　まだ年端《としは》もいかぬ子供ではないか。大目《おおめ》に見てやってくれぬか。頼む」

頭を下げる敬之助を見て、さすがに武士に謝罪されてたじろいだのか、鼻白《はなじろ》んで受け入れた様子だ。

「ふん、お侍さんに免《めん》じて今日は許してやるが、今度とっ捕まえたら番所行きだぞ」

捨て台詞《ぜりふ》を残して、見物人をかき分けて去っていった。

敬之助が屈《かが》んで子供の肩に手を掛け、顔を覗《のぞ》き込みながら訊《き》いた。

「坊《ぼう》や、家まで送って行こう。芋を拾《ひろ》おう」

素直に従い、転がっている芋を拾いながら、拳《こぶし》で涙を拭《ぬぐ》い、呟《つぶや》いた。

「お侍さん、ありがとう」

「よっぽど腹が減っていたのか？　名は何という、歳は幾つだ？」

「太吉《たきち》ってんだ、歳は七つ」

「よし、太吉、芋はみんな拾ったか？」

「うん……」

継《つ》ぎの当たったつんつるてんの着物一枚に、薄汚れた足には千切れそうな鼻緒《はなお》の冷や飯草履《ぞうり》――まだ朝晩には寒さが身にしみる頃合いだ。

「どっちだ？」

太吉の肩に手を置き、敬之助が促した。

「ここから一町（約一〇九メートル）ほどだよ」

（妙なことに関わってしまった）との思いもあったが、子供を助けたからには、最後まで見届けようという気になっていた。

道々《みちみち》、説教ではないが、「お百姓さんが額《ひたい》に汗して働いて作った野菜だぞ。それをお店から盗んではいかんだろう」と、太吉にさりげなく諭《さと》した。

「だって、うちには買う銭《ぜに》がねえもん。どうすりゃいいんだい、お侍さん？」

敬之助はぐっと詰まった。答えるべき言葉が見付からなかった。

「ここだよ」

太吉が指差す先には、朽《く》ちて傾いた木戸門が建ち、薄汚れた長屋が軒《のき》を連《つら》ねて並んでいた。なめくじ長屋と呼ばれる所以《ゆえん》も分かる――。

太吉は、一番奥の破《や》れ障子《しょうじ》のはまった障子戸へと歩く。大工留蔵《だいくとめぞう》と名が記されていた。

両手に芋を抱えた太吉に手を貸して戸を開けると、薄暗い部屋の奥に布団にくるまった男が一人、その脇に何やら内職中の女房と見える女が、乱れた髪の毛をかき揚げながらこちらに眼を向けた。手前三畳の板の間にいた三歳と五歳くらいの幼い子がふたり、兄《あん》ちゃんと駆け寄ってきた。

「腹減ったかぁ。ほら、芋だぞ、芋ぉ」

ゴロゴロと板の間に芋が転げ出た。わ〜い、と喜びの声を上げて、弟、妹が何本もの芋を抱え込んだ。

奥にいた母親らしき女が、恐怖の色を顔に浮かべて、板敷に出てきた。

「お侍さま、うちの太吉が……」

「うむ、〈八百善〉さんから芋を十本ばかり……」

「太吉ッ、あれほど人様の物を盗《と》ってはいけないと……」

「母ちゃん、そんなこと云ったたって、腹空《す》かしてるおみつや定坊《さだぼう》を見てたらおいらが何とかしてやらねえとと思って……」

「どなたさまで？」

奥から声が聞こえた。綿《わた》のはみ出たせんべい布団から半身を起こして、青白い不精髭《ぶしょうひげ》の中年男が声をふり絞った。

「いや、私はちょうど通りかかってその場に居合わせたのだ。芋の代金は払っておいた。心配しなくても良い……よほど暮らしは苦しいのかな？」

「へえ、あっしが足場から落っこちて骨折っちまって働けねえ。杖《つえ》を使った大工なんざ、どこの親方も雇っちゃくれやせん。女房や子供たちを食わしていけねえ。それを太吉が見かねて……」

女房が涙声で云った。

「蓄《たくわ》えもなく、お腹を減らした子供たちをどう食べさせていけばよいのか途方《とほう》に暮れております。もう、一家揃《そろ》って首を括《くく》るしか……」

「おかみさん、おかみさん、早まってはいけません。何とか……」

敬之助には言葉が出てこなかった。慰《なぐさ》めるべき言葉を知らなかった。

「母ちゃん、腹減ったぁ。早くお芋を焼いておくれ、蒸《ふ》かしておくれよ」

四つくらいだろうか、次男坊が足踏みしながら云う。

「おかみさん、この芋は私がきちんと払ったのだ。遠慮せず、早く食べさせてあげなさい」

「有難《ありがと》うございます……有難うございます」

女房は土間に下り立って、涙を拭いながらさつま芋を洗い出した。

子供たちは、わぁい、と喜びの声を上げて流し台を囲む。父親の留蔵がかすれた声で云った。

「お侍さまぁ、あっしのこの足さえ治ったら、手間賃を稼《かせ》ぐことも出来るんだが、今のこのザマじゃぁ、どうにもならねえ。おまけに娘のお吉《きち》は十六で借金のかたに岡場所《おかばしょ》に連れて行かれ……。悔しくって情けなくって、死にたくもなりまさぁ」

敬之助は、市井《しせい》の人々の貧しい暮らしを目《ま》の当たりにして、何も云えず、慰めの言葉も、励《はげ》ます言葉も出てこなかった。

「けど、今日はお情けを頂いて有難うごぜえました。それに太吉まで助けて頂いて御礼申し上げやす」

我知らず、敬之助は懐《ふところ》から紙入れを出し、持ち金五両のうちの二枚の小判を握って差し出していた。

「今の私に出来るのはこのぐらいだ。これで何とか足を早く治してくれ」

留蔵の顔が泣き崩れた。

「お侍様、見ず知らずのあっしらに、そんなぁ……」

「いや、いいんだ……今の私に出来る精一杯だ。すまん」

板敷に置いた二枚の小判が光っていた。敬之助は敷居を跨《また》いで家を出た。

表の陽光が眩《まぶ》しかった。

その場しのぎの慰めかも知れぬ。だが、敬之助はそうせずにはいられなかった。

小父《おじ》ちゃん、ありがとう、と追い掛けてきた太吉の声が聞こえた。

ふり返りもせず、片手を上げて木戸口を潜《くぐ》った。通りに出れば、夕方の人の流れがせわしげだった。

明日からの己の身のふり方を考えねばならぬ。敬之助自身が、本当は他人の暮らしに関わってはいられぬ状況だった。

二

紐《ひも》で耳に結んだ眼鏡をずり上げて、上目遣《うわめづか》いに視《み》るその眼は、狡猾《こうかつ》そうに光っている。歳の頃は六十をいくつか超えたか、髪に白いものが混じり、皺《しわ》も深い。

「お名前は何とおっしゃるのかな？　お歳は？」

しわがれた声は、こちらを値踏みするようで居心地の悪さを感じさせる。

「私は、水川敬之助と申します。歳は二十四歳、詳《くわ》しいことは申せませんが、さる旗本の三男坊でした。父がお役目をしくじって家はお取り潰しに遭《あ》い、早速食べるにも困って、何か働き口はないものかと……。背に腹は代えられずこちらに駆け込んだという次第です」

「ふむ。それでまだ月代《さかやき》もきれいに剃られて、うちに来られる他のお武家さまより立派なお召《め》し物を羽織っておられるのじゃな。で、仕事はどんなものでもよろしいのかな？　お身体《からだ》も頑健《がんけん》そうでおられる。ちょっとお待ちくだされ」

主人は右手の棚に積んだ大福帳《だいふくちょう》のような分厚い帳面を取り出し、指に唾《つば》をつけて捲《めく》りながら、首を伸ばして覗き込んだ。

ここは、日本橋堀江町《にほんばしほりえちょう》にある口入屋《くちいれや》、〈仁兵衛店《にへえだな》〉。仕事を探す奉公人の周旋《しゅうせん》・仲介《ちゅうかい》を業とする店だ。看板に〈男女御奉公人、口入所きまりや〉とあった。

敬之助が、見当《けんとう》をつけて飛び込んだ店だ。まだ午前《ひるまえ》だというのに、帳場前の土間はうす暗く、屋内に人の気配はなく、静かだった。

帳面から顔を上げた仁兵衛が、しかつめらしい表情で云った。

「お侍さまだと、気に食わぬかも知れませんが、今のところ魚河岸《うおがし》の荷揚げ人足とか、日雇いの大工とか、そんな仕事しか残っていませんなぁ」

「出来れば、今まで武士として身に付けた剣術とか、あるいは学問を教えるとか、そのような仕事はありませんか?」

「う〜む。おう、ひとつ忘れておりました。確か……」

また帳面を捲り、うむ、これだこれだ、と云って、こちらが見やすいように帳面をひっくり返して差し示した。

敬之助が覗き込むと、達筆《たっぴつ》で住所、名前が認《したた》めてある。

『神田紺屋町《こんやちょう》。小野派一刀流《おのはいっとうりゅう》、塚本左衛門《つかもとさえもん》道場。代稽古指南《だいげいこしなん》役求む』

「ご当主が老齢で、また病を患《わずら》わされなさって、道場が立ち行かなくなったらしいのです。剣の腕に覚えのある方をご紹介願いたいとのお頼みでな。師範代として、一日三百文の手当です。良い条件だと思いますぞ。私方への口銭《こうせん》は五十文頂きますが、いかがですかな？」

　敬之助には、その指南料と口銭が高いのか安いのか見当もつかなかった。しかし、渡りに船とその話に飛びついた。

「お願い致します。武士として幼き頃より鍛《きた》えた剣術が役に立つというもの。何卒ご紹介頂きたい。それともうひとつ、今夜眠るところもございません。ついでと云ってはなんだが、住まいもご紹介願えませんか？」

　主人の仁兵衛が呆《あき》れたように云った。

「お住まいも？……ふぅむ。うん、ちょうどよいところに、〈五郎兵衛店《ごろべえだな》〉という長屋があります。この五郎兵衛という大家《おおや》は好人物でして。世話焼きで、町内のことなら、猫の子の数でも何でも知っているという名物大家なんです。よければ今からでもすぐ参りましょう」

　というわけで早速連れ立って、鍛冶町《かじちょう》の〈五郎兵衛店〉へ向かった。弥生の風が爽《さわ》やかだった。

　紺屋町から鍛冶町へ向かう大通りを右に曲がった四つ角に、人だかりがしていた。瓦版《かわらばん》売りが、ここを先途《せんど》と売り声を張っている。

「さぁ、皆の衆、大事件だよォ！　ゆんべのことだ。竪大工町で大工の棟梁《とうりよう》が短筒《たんづつ》で撃《う》たれて命を落としたぁ。可哀《かわい》そうに、残された女房と娘は明日からどう生きていきゃあいいんだッ。何と！　驚いたことにゃ、その短筒には三つ葉葵《あおい》の御紋が刻印されていたんだとさぁ。こいつはどういうこったぁ？　こんなことがあっていいものかァ！　何の罪もねえ町民が、徳川様の御印が刻《きざ》まれた短筒で撃ち殺されちまったんだ。どんな遺恨《いこん》があったのか、どんな理由があったのか？こいつぁ辻斬《つじぎ》りじゃねえ、辻撃ちだぁ！　さぁ詳しいことは、ここにしっかり書いてある。読んでおくれ、見ておくれぇ〜。これを読まなきゃ江戸っ子じゃないよ。たったの四文だよ、四文で何でも分かるッ、瓦版だよ〜！」

「御主人、ちょっとお待ちください。瓦版を一枚買いたいのだが……」

と云って敬之助は人混みの中をかき分けて、読売一枚を買った。

『三つ葉葵の御紋……』の売り口上《こうじよう》が耳に引っ掛かったのだ。

瓦版に目を走らせていた敬之助の眉間《みけん》に訝《いぶか》しげな皺が寄った。後刻ゆっくり読もうと、畳んで懐に仕舞った。何故《なぜ》か胸騒ぎがした。

一町ほど歩いて、通りからひと筋裏へ入った木戸口を潜ると、六軒ずつ向かい合って建《た》つ十二軒の長屋があった。

ちょうど向こうから、ぽっちゃりと肥《こ》えた福相の老爺《ろうや》が、巾着 袋《きんちやくぶくろ》を手首に掛けて、鼻唄まじりに歩いてくる。

井戸端で茶碗を洗い、洗濯をしながら、さえずり合っていたおかみさんたちが、あ、大家さん、ご苦労さまです、こんにちは、など口々に挨拶《あいさつ》している。

（ああ、あれがこの裏店《うらだな》の大家、五郎兵衛さんらしい）と、敬之助は見当をつけた。仁兵衛の云う通り、好人物らしい面相だった。

店子《たなこ》のおかみさんたちに機嫌よく挨拶を返しながら、ようやく此方《こちら》に気が付いた。

「これはこれは、仁兵衛さん。何ぞ御用ですかな？」

と云いながら、その眼は隣に立つ敬之助を値踏みしているのか、ちらちらと上下に動いていた。

「うむ。五郎兵衛さんや、部屋は空《あ》いていたかの。いい方が見付かったのじゃが……水川敬之助さまとおっしゃる、ご浪人になられたばかりのお侍さまじゃ」

仁兵衛が、敬之助を前に押し出すように紹介した。敬之助が云った。

「今夜から早速お世話になりたいのだが……御覧の通り、身一つ、何もないのです」

「へえへえ、委細《いさい》分かりました。布団から、茶道具、飯椀、すべてご用意致しましょう。熊《くま》という私の家内が段取りします。お任せくださりませ」

「では、この一両で……最低必要な家財道具を整えてくれませんか？」

先ほどの二両を引いて残った三両のうちから一両を五郎兵衛に託した。

「よかったよかった、では五郎兵衛さん、あたしたちはこれから、紺屋町の塚本道場まで行って、この方の働き口を」

仁兵衛と敬之助は、裏店をあとにした。井戸端の長屋のかみさん連中の興味津々《しんしん》のこそこそ話が、その後ろで大きく広がった。

表通りを二町半ばかり歩くと、冠木門《かぶきもん》に『小野派一刀流　塚本左衛門道場』と書かれた立て看板が掛けられていた。内部から、竹刀《しない》の打ち合う音、掛け声が喧《やかま》しいくらいだ。

仁兵衛が格子戸《こうしど》を開けると、眼の前に一間幅の玄関式台が見えた。

土間には大小さまざまの草履や下駄《げた》など履物が脱ぎ散らかされている。

「御免ください。え～、どなたかいらっしゃいませんかぁ」

大声を張った仁兵衛に応《こた》えて、は～い只今、と女性《にょしょう》の若々しい声が聞こえた。

板を踏む小走りの音のあと、何か用事をしていたのか、襷《たすき》を外しながら、まだ二十歳《はたち》前に見える女性が姿を現し、式台前に膝《ひざ》を折った。

「まぁ、仁兵衛さん、おいでなされませ」

と云いながら、その黒い瞳は後ろに立つ敬之助を興味深げに見つめていた。

「うん、小雪《こゆき》さん、剣術指南役をお望みの方が見えられましてなぁ、早速お連れしたのじゃが……」

「まぁ、それはそれは、さぁ、どうぞお上がりくださいませ」

内心の喜びが小雪の面上に広《ひろ》がって弾《はじ》けた。敬之助は有望という感触を得た。

玄関から奥の間に通される途中、左手に三十畳ほどの広さの道場が見えた。子供をまじえた二、三十人の門弟たちが竹刀を打ち合っている。繁盛《はんじょう》しているようだ。

仁兵衛とともに奥の八畳間に通されると、塚本左衛門と見える齢《よわい》五十を幾らか超えた、鶴のように痩《や》せた男が出てきて、娘に袖《そで》なし羽織を着せられて迎えた。

小雪に勧《すす》められた座布団に端座《たんざ》し、両手をついて挨拶しようとすると、隣に座る仁兵衛に肘《ひじ》で小突《こづ》かれた。

仁兵衛が小声で「座布団、座布団」とささやき、自分が外して見せて端座した。ああ、と気付いて敬之助も座布団を脇へ押しやって倣《なら》った。

仁兵衛が、道場主に云った。

「こちらは水川敬之助さんとおっしゃる。お求めの代稽古指南役の方をお連れしました。ご満足頂けると宜《よろ》しいのだが……」

左衛門が軽い咳《せき》をして、しわがれた声で挨拶した。

「塚本左衛門でござる。……それがしが、このように体を壊し……軽い労咳《ろうがい》ですが、剣術を指南するほど躰《からだ》が云うことを聞きませぬ。門人は多いのですが、それがしがこのような具合では、剣術指南もままなりませぬ。本日も門弟たちだけで稽古するような有り様……是非にもお願いしたいのじゃが……で、剣の御流儀は何流を？」

「天真正伝香取神道流《てんしんしょうでんかとりしんとうりゅう》を。腕にはいささかの覚えがございます」

左衛門と小雪の口から、ほっと安堵の吐息が漏れた。

その時――。

廊下を駆ける慌《あわ》ただしい足音が高く鳴った。面体が蒼白《そうはく》となった十四、五歳の少年が座敷に駆け込んで来た。

「父上、姉上、道場破りです。強そうな浪人が二人で、一手ご教授願いたいと……」

「小太郎《こたろう》、慌てるな。丁重《ていちょう》に道場へご案内しなさい」

左衛門が咳き込みながら云った。はいっ、と応えた小太郎が、敬之助に一瞥《いちべつ》をくれてから駆け戻った。左衛門の細い躰が緊張のためか強張《こわば》っていた。

それでも娘の小雪に支えられて立ち上がり、道場へ向かおうとする。

敬之助は、その姿に武士としての気概《きがい》を見て、思わず声を掛けた。

「塚本先生、この場は私が……ちょうど良い私の腕試しになるではありませんか」

「まぁ！　父上、そうして頂きましょう。父上のこのお身体では無理ですもの」

小雪は、期待をこめた嬉しそうな声音で云った。

「道場へご案内ください」

敬之助は、ゆっくりと歩く弱々しい左衛門の後ろを、仁兵衛とともに道場に向かった。

三十畳ほどの広さの道場の床は、磨き上げられて黒光りしていた。

既に門弟たちは稽古を止め、壁際に並んで正座している。

門弟たちの興味津々の思いが手に取るように感じられた。上座に四人が座して間もなく、足音荒く、むさ苦しい大柄な浪人二人が現れた。

道場に足を踏み入れた二人は、傲然《ごうぜん》と中央に立ち、周囲を睨《にら》んで、やおら敬之助に目を留めて云った。

「御高名の小野派一刀流の奥義《おうぎ》をご教授頂きたく罷《まか》り越《こ》した。それがしは甲源《こうげん》一刀流免許皆伝《かいでん》、田所《たどころ》祐左衛門《ゆうざえもん》。これなるは同じく奥野忠三郎《おくのちゅうざぶろう》。塚本先生に一手御指南をお願い申す」

手に持つ大刀は三尺（約九〇センチ）を超える長尺——これを扱えるとなると、その膂力《りょりょく》は凄《すさ》まじいものがあろう。しかし、敬之助は平然として云った。

「あいや田所殿。塚本先生は病気にて、たった今まで奥の間に臥《ふ》せっておりました。私は、師範代に雇われました水川敬之助と申す者。不足でございましょうが、私がお相手致します。宜しいかな？」

「されば、致し方なかろう。して、道具は何を所望《しょもう》か？」

相手は居丈高《いたけだか》に、此方を頭ごなしに呑《の》んでかかっている。

「竹刀か、木太刀《きだち》か。当方はいずれでも結構ですが」

田所が間髪《かんはつ》入れず吼《ほ》えた。

「木刀にしよう！　防具は無用」

道場内の空気が一瞬、ざわっと揺れた。

「こちらも同様でお相手致す。私の剣は少々手荒いですよ」

敬之助は、戦わずして勝つ、の香取神道流の極《きわ》みを試みようとして云った。

「手足だけの負傷ならいざ知らず、万に一つ打ち所が悪ければ、お命を落とすやも……」

「ううむ。身のほど知らずの大言《たいげん》を。面白い！　仕度《したく》なされい」

「いや、私はこのままで結構。そちらこそ、お仕度はそれで宜しいのか？」

「ううむ。では」

云うやいなや、壁の刀架《とうか》に大刀を掛け、傍《かたわ》らの木刀を手に取って、ビュッと素振りをくれた。凄まじい風音が鳴り、居並ぶ門人たちの心胆《しんたん》を寒からしめる。

敬之助も無造作に赤樫づくりの木刀を選び、二、三度素振る。ひゅっ、ひゅっと風を切る音が鋭い。ゆっくりと道場中央に歩を運んだ。

「いざ！」

田所が鼻息荒く、木刀を手に蹲踞《そんきょ》して向かい合った。敵意のこもった眼がぎらついている。立ち上がるやいなや、一間を跳び下がり、八相《はっそう》の構えをとった。

敬之助は静かに正眼《せいがん》に構え、剣先を田所の眉間に向けた。

静謐《せいひつ》の気が道場を支配して、門弟たちは固唾《かたず》を呑んで見入っている。

敬之助の剣先は微動《びどう》だにしない。

すぐに田所の肩が上下し、呼吸が荒くなってきた。もはや、誰の目にも勝負は明らかだ。

破れかぶれと見える田所の八相の構えからの袈裟懸《けさが》けの打ち込みに、敬之助は躰を左へ開き、左側へ踏み込んで木刀を払った。

硬い音のあとに、敬之助の木刀は田所の右肩を強烈に打った。

同時に鎖骨《さこつ》の折れる音がして、木刀が板敷に撥《は》ね飛んで転がった。

息を呑んで見守る少年、町人の門弟たちの口から、うお〜っと歓喜の声が湧《わ》きあがった。

「ま、参ったッ」

その声は傍らに座すもう一人の道場破り、奥野忠三郎が発した降参の叫びだった。

ううむ、と折れた肩を押さえた田所を抱えて、奥野が道場隅に引き退がった。

「とても我らが足元にも及ばぬ太刀捌《たちさば》きを拝見した。すぐさま退散致しますので、何卒、ご容赦《ようしゃ》のほどを」

「私の今の打ち込みはかなり手加減したもの。他の荒っぽい流儀の道場ならば、落命したかもしれません。今後、充分に気を付けて門を叩かれては……」

敬之助の思い遣りからの忠言だった。

「わ、分かり申した。我らは、つい先だってお取り潰しに遭った某藩の藩士でした……食うに事欠いて浅ましくも身のほどを知らずに押し掛けて参りました。思い上がった心得違い、痛み入りました」

道場破りの二人は、ほうほうの態《てい》で退散した。

門人たちの歓声が一斉にほとばしり出て、道場内は沸き立った。

仁兵衛が膝を叩いて、道場主の左衛門に向き直って、得意げに云った。

「これで決まりですな。いやぁ、お連れした甲斐《かい》があったというもの。あたしも鼻が高い」

「本当に。お礼を申す」

律儀に頭を下げる左衛門に、商売っけを見せて仁兵衛が云った。

「で、早速ご相談ですが、指南料一日三百文と伺《うかが》っておりますが、これだけの腕をお持ちの方ですから、もうひと声。一日四百文でいかがでございましょうか？」

傍らで聞く敬之助は、したたかな口入屋のやり口に舌を巻いたが、己の手間賃が多くなることは嬉しいことなので黙っていた。一も二もなく、塚本左衛門は口入屋の条件を呑んだ。

明朝辰《たつ》の刻（午前八時）より午《うま》の刻（午後零時）まで一刻の剣術指南料四百文、という条件で商談が成立したようだ。

帰る道々、ご機嫌の仁兵衛が、皮肉っぽく口を歪めて云った。

「近頃はああいう輩がはびこっているらしいですぞ。おそらく、奥の間へ通され、茶菓のもてなしと懐紙《かいし》に包まれた二分か、良くて一両の袖の下を目論《もくろ》んでの道場破りでしょうなぁ。世も末ですな」

改易《かいえき》取り潰しになった大名家から無禄《むろく》となり生計立ち行かず、浅ましい道場破りに身を落とした浪人が哀《あわ》れであった。

敬之助は、また一つ世の中の流れを身をもって知った。思いは深く沈んだ……。

しかし、一日で勤め先と住まいを手に入れることが出来た。幸先《さいさき》良し、だ。

三

「トォ〜ッ」

掛け声鋭く、床板を踏み鳴らして、まだ前髪立ちの少年が上段から打ち込んで来た。

敬之助の竹刀が抜き胴に叩いて、小気味よい音を立てる。手心を加えた優しい打ち方だった。

「もう一本、ご教授お願い致します」

小太郎の顔は紅潮し、汗が額に、首筋に、胸に流れ落ちている。

「小太郎、次の者が待っている、順番を守りなさい」

はいッ、と悔しそうに引き退がった。

小太郎は道場主塚本左衛門の息子で、小雪の弟、十四歳の跡取りであった。

次ッ、という敬之助の声に、

「お願い致します」

と道場備え付けの面と胴だけ着用し、尻《しり》っ端折《ぱしより》した町人の子、三吉《さんきち》が走り出てきた。蹲踞してから立ち上がると、サッと間合い二間を飛び下がって、鶏《にわとり》のように足を小刻みに右に左に動き回り、打ち込む機会を窺《うかが》っている。

「三吉、早く打ち込んで来なさい」

神田紺屋町、塚本左衛門道場、三十畳ばかりの小さな道場に二十人ほどの少年、数人の大人がまじり、ひしめき合っている。

きちんと面、胴、籠手《こて》の防具を着用し、刺《さ》し子《こ》縫《ぬ》いの稽古着を着ている者はわずか数人、あとは洗いざらしの木綿《もめん》の着物を尻にからげた股引《ももひき》姿の町人たちだ。

しかし、皆のその眼はキラキラと輝き、貪欲《どんよく》に剣術の稽古をつけてもらおうとの熱意が見えた。

利根川《とねがわ》を挟んで隣接する常陸《ひたち》国の鹿島《かしま》と下総《しもうさ》は、ともに剣の聖地として名を馳《は》せた。敬之助の学んだ天真正伝香取神道流とは、室町《むろまち》時代に香取の地を訪れた兵《へい》法者《ほうしゃ》、飯篠《いいざさ》長威斎家直《ちょういさいいえなお》が創始した流派である。多種多様な武術を伝承している。刀槍《とうそう》の術のみならず、居合術、柔術、棒術、薙刀《なぎなた》術などすべての武道を極めて、『兵法は平法なり』の教えを伝え、戦わずして勝つことこそ剣の極意であるとした。

事実、他流試合を挑んできた武芸者たちに対しては、静かに正座して応対し、これに恐れをなした武芸者たちがそのまま退散したことも何度かあったとか。

このところ、塚本道場は敬之助の分け隔《へだ》てのない、優しさと厳しさに満ちた稽古に魅了されて、入門者が続々と増えている。

口入屋仁兵衛の斡旋《あっせん》を受けて、齢五十を超えた病弱の道場主、塚本左衛門にも頼まれ、辰の刻から午の刻まで一日二刻、教授料四百文の約束で、剣術指南をしている。

ただし、口入屋の仁兵衛に仲介手数料をその中から百文を支払う約束だ。

それが安いのか高いのか、敬之助には分からなかった。

敬之助は、相手が子供だろうが、ただ喧嘩《けんか》が強くなりたいと邪《よこしま》な思いを抱く町人だろうが、手を抜かないことを心がけている。

敬之助の周囲を元気よく飛蝗《ばった》のように飛び回る三吉の面上を、三尺八寸（約一メートル十五センチ）の竹刀が軽く打った。面を被った上からでも、先がしなり、かなり堪《こた》えたはずだ。

「アイテッ、参りました」

三吉が素《す》っ頓狂《とんきょう》な声を上げ、頭を抱えた。

「よし、それまで」

敬之助の声に皆一斉に板敷に両手を付いて平伏し、

「御師範《せんせい》、有難うございました」

と声を合わせて低頭《ていとう》する。

武道は礼に始まり礼に終わると、剣術以外にも、父母への敬愛、長幼《ちょうよう》の序《じょ》など、人としての道を教えている。これは、敬之助が幼少より、父から厳しく躾《しつけ》られた礼儀作法だった。

「よいか。肝要《かんよう》なことは柄《つか》の握りだ。柔らかく、締めすぎず緩《ゆる》めすぎず茶巾《ちゃきん》絞りだ」

目を輝かした小太郎が身を乗り出して訊いた。

「先生、茶巾絞りって何ですか？」

「うむ。雑巾を両手で絞り上げるように、柄を内側に絞り込むことだ。絞りが緩んでいると、打ち下ろした木刀の勢いが止まらず、己の足に斬りつけたり、切っ先を地に打ちつけてしまう。木刀が手から離れて、三間（約五・五メートル）も飛んだ例もあるくらいだ。逆に、柄握りが固過ぎる時は動きが取れない。左手は七割の力、右手は三割の力で握る。左手小指は柄頭から半分ほどはみ出しているが、左手の小指、薬指で刀を操《あやつ》るのだ」

道場板壁沿いに膝を揃えて端座する門弟たちの眼は輝いて、敬之助の言葉をひと言も聞き逃さんとする意気込みが窺《うかが》えた。

「次に大切なのは、手の裡《うち》を締めることだ。刀を構え正眼にとっているとき、全身の力を抜いて、猫のようにぐにゃっとしている。上段に振りかぶり刀の錬《むね》を背につけて、一気に打ち下ろす。斬る物に刃が当たる三寸（約九センチ）ぐらい前に、全力を集中するのだ。それが手の裡を締めるということだ。道場でこのように木刀を振れば、ヒュッと風を切る音が聞こえるだろう」

門弟たちの間から、感嘆《かんたん》の吐息が広がった。

「よし、本日の稽古はこれで終《しま》いだ」

再び声を揃えて、先生、有難うございました、の挨拶のあとは、わあ～と歓声上げて裏の井戸端に群《むら》がり、釣瓶《つるべ》から汲《く》み上げた水を浴《あ》びる者、互いに背を拭き合う者など、蜂《はち》の巣をつついたように騒がしくなる。

「おいらはもう喧嘩はしねぇんだ。棒っ切れ持ったらおいらに敵《かな》う奴はいねぇもん」

「おいらだって、この間なぁ……」

三吉と良太《りようた》が得意げに話している。

「俺っちが天秤棒《てんびんぼうかつ》担いで市場へ行くだろう、するってぇと前がすぅ～と開いて花道みてぇなんだぜ」

魚の棒手振《ぼてふ》りが商売の安蔵《やすぞう》が威張《いば》って腕自慢している。皆、楽しそうだ。

それを聞きながら敬之助は、ゆっくりと左衛門の娘小雪が絞ってくれた冷たい手拭いで汗を拭き、袷《あわせ》の着物を着る。着流しに落とし差しだ。

道場上座の板壁に架けておいた大刀のみ腰に手挟《たばさ》む。脇差《わきざし》は帯《お》びていない。素浪人が立派な大小二刀差しでは似つかわしくないだろうと、脇差は長屋の押し入れに仕舞っている。

小雪が膝を折ったまま、敬之助を見上げて云う。

「敬之助様、お中食《ちゅうじき》を父とご一緒にいかがですか?」

「いや、大家のお熊さんが用意して待ってくれております。お心遣い有難うございます」

残念そうな小雪の顔に気付かぬふりをして、塚本道場をあとにした。

塚本小雪、左衛門の長女、聞けば幼き頃より、お転婆《てんば》で武芸に興味を抱き、さる藩の剣術指南役を務める父の許しを得て、道場の片隅で短い竹刀をふるって遊んでいたらしい。同年輩の男の子たちを打ち据えて、その剣の天稟《てんぴん》には目を見張るものがあったとか――。

とはいっても、今は荒ぶるところは少しも見えず、その鈴を張ったような目元と、紅《べに》を差さずとも艶《あで》やかな唇は、門弟たちの胸をときめかせるに充分な瑞々《みずみず》しさを湛《たた》えていた。

皺《しわ》くちゃのお熊婆《ばあ》さんより、見目麗《みめうるわ》しい若い小雪に世話を焼かれての食事の方が良かった。

――が、敬之助は元々女性を苦手としていた。

何故かすぐに顔が赤らんで、心の臓が高鳴るのだ。近くにいられたら米粒が喉《のど》を通らぬだろう。

小雪の中食の誘いを断って、わが家へ一目散《いちもくさん》に帰った。誰が待つでもない。道場と〈五郎兵衛店〉はわずかな道のりだ。六軒ずつ軒を連ねて向かい合って建つ十二軒長屋の右側四軒目。

家賃は月に五百文。猫の額ほどの裏庭に面した六畳間と、三畳の板間、土間に勝手口がある。日々の三度の飯、掃除洗濯など雑用は、大家の五郎兵衛の内儀《かみ》さんのお熊さんに世話になっていた。

『萬《よろず》、腕貸し仕《つかまつ》り候《そうろう》』

入り口の軒下に、そう大書された木札の看板が掲げられ、風に揺れている。幅八寸（約二四センチ）、縦二尺（約六〇センチ）ほどの大きさだ。

塚本道場の代理剣術指南は、口入稼業の仁兵衛の周旋だったが、この〈腕貸し業〉は大家の五郎兵衛に勧《すす》められたものだ。曰《いわ》く。

――いやぁ、お聞きしましたよ、水川先生。塚本道場に現れた道場破りを見事に打ち負かしたとのことですなぁ。口入屋の仁兵衛さんがお褒めになっておられました。先生のような筋の良い浪人さんを周旋したことはないと、そりゃもう鼻高々な様子でしたよ。

ご浪人さんの内職といえば、まず傘張り、河岸《かし》の荷揚げ人足や日雇い働きが通り相場でございますが、先生の場合はそのような腕をお持ちなのですから……。どうでしょう？　『萬ごと、何にでも腕をお貸しします』との看板を掲げて、世の中の揉《も》め事を治めて差し上げるのですよ。

この世に揉め事、争い事の種は尽きまじ、掃《は》いて捨てるほどあるでしょう。この事態の収拾に金を払おうとする者は、存外《ぞんがい》多いのではありませんかな――

あれよあれよという間に、借金願い三百文、貸金取り立て四百文、人探し二百文、喧嘩揉め事仲裁百文……その他諸々《もろもろ》人が困っていることには何にでも腕を貸します、との内職が決まってしまった。

手間賃というか口銭の額は、すべて五郎兵衛とお熊が決めてくれた。自分では世間の相場というものが全く見当もつかなかったからだ。

ところが、値段を決めた当のお熊婆さんは、つい情にほだされてしまい、決めた通りの金高を受け取った試しがない。普段は金に厳しく吝嗇《けち》なのだが、情にもろいのは生来の優しさの証《あかし》だろう。腕貸し賃の多寡《たか》は、貧しい人には薄く、富める者には高めに吹っ掛けて、お熊婆さんは恬《てん》として恥じぬ。

早いもので、敬之助が日本橋堀江町の口入屋を訪ねて、剣術道場の代理指南となり、この裏店に腕貸業の看板を掲げて、早半年になろうとしていた。

月代も伸びて日々の手入れが面倒なので、むさ苦しくない程度に、髪をかき上げ総髪《そうはつ》に髷を結っている。

が、腕貸し稼業もなかなか思い通り軌道に乗らぬ。

まだこの地に根を下ろして半年では致し方無しか、と気弱な思いも頭をかすめるのだが……。

四

塚本道場をあとにして、我が家の土間に足を踏み入れた途端に、右隣の貞八《さだはち》とお文《ふみ》の家から、怒声《どせい》と金切り声が聞こえた。

左官《さかん》職の貞八夫婦の喧嘩は、もう裏店の名物となっている。長屋の連中も、もう慣れたものだ。ところが、今日はいつもに輪をかけて激しかった。

表を覗くと、鍋や釜、土瓶がばらばらと飛び出てきた。続いてお文の怒鳴《どな》り声が――。

「このひょうろく玉ッ、もうお前の云うことなんか、決して聞かないからね」

「何をッ、てめえこそ、よくも亭主の俺を虚仮《こけ》にしてくれたな。もう勘弁ならねえ」

「何が亭主だ、聞いて呆れるね！　亭主面《づら》するんだったら、きちんと稼ぎを入れろッ。酒ばっかり喰らいやがって、その上博奕《ばくち》だァ？　どの面下げて亭主だなんて云えるんだい。見な、子供が腹ぁ空《す》かして泣いてるじゃないか！」

お文の云う通り、四つになるお里《さと》坊の火のついたような泣き声があたりに響いている。

既に長屋のお内儀さん連中が集まって、入り口に固まって貞八の家を覗き込んでいる。

口々に、お文さ〜んお止《や》めよォ、貞八っつぁん！　と声を掛けるが、もはやどうにも止まらない。

すると、家の中から叫び声が聞こえ、血相《けっそう》変えた貞八がお文の腕を摑んで表へ出てきた。

覗いていたお内儀さん連中がわぁと叫んで、入り口から飛び離れた。

すると、この宿六《やどろく》め、と叫んだお文が貞八の腕に嚙みついた。

「イテッ、このアマ！」

と拳固《げんこ》をふり上げるのを、割って入った敬之助がその腕を握って軽く捻《ひね》った。

「イタタタッ」

と唸《うな》った貞八が、お文の腕を離し敬之助の顔を見て、目を伏せた。

まだ息荒く貞八を睨んでいたザンバラ髪のお文が、

「殺してやるぅ」

と叫んで勝手口へ駆け込み、出てきた時には手に出刃《でば》包丁を握っていた。

「面白《おもしれ》え、殺してみやがれ」

と喚《わめ》く貞八が、傍《そば》に転がるすりこぎ棒を拾い上げた。

吊り上がった眼で出刃包丁を手にするお文の前に、敬之助が立ち塞《ふさ》がった。出刃を握るその手を摑み、容易《たやす》く包丁を奪い取った。反転すると、後ろの息を荒らげた貞八の握るすりこぎ棒も取り上げた。

二人とも手にする得物《えもの》を奪い取られて拍子が抜けたのか、ずるずると地面に座り込んで呆《ほう》けたような顔でお互いを眺めた。

お文が荒い息の下から、喘《あえ》ぐように吐き出した。

「仕事もしないで朝っぱらから酒喰らいやがって、おまけにせっかくの稼ぎを根こそぎ博奕と女に使いやがって……」

「べら棒めッ」

再び立ち上がり取っ組み合いの喧嘩が始まりそうな気配に、

「止めなさい！」

と敬之助が一喝した。剣術で鍛えたその制止の声は、あたりの空気を震わせた。貞八もお文は憑《つ》きものが落ちたようにしゅんとした。

「二人とも、子供を哀れとは思わないのか。見なさい。可哀そうに、怯《おび》えて泣いているではないか。四つの子供を前に、摑み合いをするとは、親として恥ずかしいと思わないのか」

「…………」

「近所迷惑ということもある。おぬしらの夫婦喧嘩には、この裏店の者は皆、ほとほと呆れ果てているぞ。聞いた限りでは亭主も悪い。しかしだ、そうかと云っていきなり亭主に摑みかかる女房がいるか」

「……旦那のおっしゃる通りでさぁ」

貞八が地面に膝を揃えて、神妙《しんみよう》な表情で云った。

「いえあっしもね、悪い悪いと思いながら帰ってくるわけでして。もう金輪際《こんりんざい》馬鹿な真似《まね》はしまい、と。それをですぜ、家に入るなりいきなり胸倉《むなぐら》摑まれたんじゃ……こっちも男だぃ、負けちゃいられねぇから……へえ」

「そこを亭主としても、ぐっとこらえねば。か弱い女に手を出してはいかん」

「そ、その通りでさ。この通り謝りやす。……おい、お文、悪かったなァ。おいらもこれから気ィ付けるよ」

「あたしこそ……お騒がせしてすみません」

と、お文が消え入りそうな小声で云った。こうなれば、犬も食わない夫婦喧嘩だ、仲直りも早いだろう。敬之助が安堵《あんど》の吐息を漏らして云った。

「うむ、分かってくれて良かった」

見物の誰かが、大声上げて云った。

「ハイッ、夫婦喧嘩仲裁は百文だよ〜」

敬之助は微笑みを浮かべてふり返り、穏やかに云った。

「同じ長屋で、隣のよしみだ。頼まれてもいないのに、勝手に止めに入って手間賃など取れぬよ」

敬之助の言葉に長屋のおかみさん連中が、さすがは先生、商売抜きとは粋《いき》だねえ、と口々に誉《ほ》めそやし、冷やかした。ざわめきを後ろに我が家へ入ろうとする敬之助の背中に、囁《ささや》くような声が掛かった。

「虎三郎《とらさぶろう》様……」

えっ、とふり返れば、白髪頭で、背に風呂敷包みを背負った老武士が、眉《まゆ》を寄せ哀《かな》しげな表情で佇《たたず》んでいた。

何と、用人《ようにん》、奥田武太夫《おくだぶだゆう》だった。

武太夫は敬之助の前に来ると、まずはお変わりもなく結構でござりまする、と何年も会わなかった人に対するように、律儀《りちぎ》に挨拶した。

「爺《じい》や、こんな所までよく訪ねてきてくれたなぁ。さぁ、入ってくれ」

耳に口を寄せて小声で云って、開けっ放しの家の中へ背を押すように入った。

長屋連中の興味津々の眼を意識しない訳にはいかなかった。

武太夫はまだ二十歳前に奉公に入り、先々代、先代と、当主の登城のお供もしていたが、敬之助の兄の代になってからは、庭の手入れ、奥の使い走りなどの暇仕事に変わっていた。歳は七十に近く、腰も曲がっている。

居間に上がった武太夫がぼろ座敷に立ったまま、早くもハラハラと涙を流し、崩れ落ちるように座り込んだ。くしゃくしゃに顔を歪め、ぼろぼろと涙をこぼしている。

「お嘆《なげ》かわしい……虎三郎様」

と、涙を拭った。

「おいおい、爺や、その名はやめてくれ……」

「あっ、恐れ入ります。幼いころが思い出されてつい……。このような薄汚い長屋にお住まいとは……爺は悲しゅうございまする。何が悲しくてこのようなご苦労をなさいますか」

「爺や、それは屋敷を出る時に説明したであろうが。楽しく元気にやっているから心配するな。兄上にもよしなに伝えてくれ、世間を知る、良い人間修養をしていると」

「それに致しましても、おいたわしい……本日はこれを持参致しましたので、お受け取りくださいませ」

　そう云って、背から下ろした風呂式包みを大事そうに解《と》いた。広げるとそこには鮮やかなあずき色の着物と羽織、袴《はかま》が綺麗《きれい》に畳まれてあった。他に真新しい襦《じゅ》袢《ばん》が二、三枚に、白足袋《たび》、扇子《せんす》が添えてある。

「殿様よりお預かりして参りました」

　と、畳の上を押し滑らせるのを、

「爺や、今の私にはこのようなものは必要ないぞ」

　怪訝《けげん》そうに云う敬之助の言葉に被せて、武太夫が断固《だんこ》とした口調で云った。

「いえ、いつ何時《なんどき》、必要になるやも知れませぬ。身の証を立てる由緒《ゆいしょ》正しきお仕着せでございまする。何とぞお納めのほどを……。して、生計《たつき》に必要な掛《かか》りの方は？　ご不便はございませぬか？」

「うむ。貧乏ながら何とかやっている。案じるな、爺や」

「あ、それから、これらの品は決して質《しち》に入れたりなさることは罷《まか》りならぬと、殿様よりきつい仰《おお》せでござりました」

「質には入れんが、はてこの羽織を着てどこに参ろうか……」

武太夫はさっき泣いたのを忘れたように、笑顔になって云った。

「これはお坊ちゃま、あなた様のご縁組《えんぐみ》でもおありなのでござりましょう」

「ふ〜む、婿《むこ》の口が見付かったかな」

「お楽しみにお待ちなさいまし」

このようなむさ苦しい場所に、長くお住まいになってはいけません、とぶつぶつ呟きながら、武太夫は立ち上がり腰を伸ばした。敬之助の肩までもない背丈だ。

実のところは、ぜいたくに慣れた身には、粗食がこたえていた。藩がお取り潰しに遭い、禄を失って傘張りの内職に励む浪人の心境が慮《おもんぱか》られた。

だが敬之助は、過日大見得《かじつおおみえ》を切って家を出てきたのだ。

武士は食わねど高楊枝《たかようじ》、痩せ我慢でも耐え忍ばねば、の心境だ。ここで折れて泣きついてどうする、と余念をふり払った。

武太夫が涙を拭って立ち上がる気配に、閉じられた障子戸の向こうにざわっと長屋連中の慌てる様子が感じられた。

「爺や、送らんぞ」

「分かっております。ご健勝《けんしょう》に……では」

武太夫のために戸を開けると、長屋の連中が蜘蛛《くも》の子を散らすように離れた。

好奇心の塊《かたまり》である江戸っ子の野次馬根性は止めるに止められない。勘付かれねばよいのだが――。

第二章　父になる

一

夜半過ぎ、猫の泣き声か、蛙《かえる》の鳴く声か、奇妙な物音に目覚めた。

敬之助は、暗闇《くらやみ》の中に半身を起こし、聞き耳を立てたが、その音は一向《いっこう》に止《や》む気配はない。

枕元の手燭《てしょく》に火を入れ、土間に下りる。心張棒《しんばりぼう》を外して腰高障子《こしだかしょうじ》を開け、そっと外を覗《のぞ》いた。手燭を高く掲《かか》げて、あたりを照らす。

寝静まった長屋の小路が闇に伸びて、薄明るい月の光がどぶ板を照らしていた。

泣き声の元を辿《たど》って見回すと、軒下《のきした》の柱《はしら》に掛けた看板の下に、何やら縫《ぬ》いぐるみが置いてある――。

近付いて、手燭を翳《かざ》して見ると、可愛《かわい》らしい赤ん坊の泣き顔があった。

みゃあみゃあと子猫にも似た弱々しい泣き声だった。

慌《あわ》てて、周囲を見回し、声を潜めて問うた。

「どなたか……どなたか。この子の親御はおられないのか？」

裏店《うらだな》の小路は静まり返っている。しばらく耳を澄《す》ませて待った。

――応答なし。仕方ない、敬之助はそっと掻巻《かいまき》に包まれた赤ん坊を抱き上げ、傍《そば》に置かれた風呂敷包みも一緒に持って、部屋へ戻った。

暗闇の何処《どこ》かから目を凝《こ》らして視《み》ているのを、背に感じたが……。

とりあえず、抱っこして、よしよしよし、と揺すりながら部屋の中をぐるぐると歩き回った。しかし、一向に泣き止まない。

赤ん坊が泣くのは、腹が減って乳を欲しがっているのか、おしめが濡れてむずかっているのか、どちらかだろうと敬之助にも見当《けんとう》がついた。

そっと布団に下ろし、風呂敷を解《と》いてみる。真新しい肌着とおしめが何枚かと、封書が添えられていた。広げて読む。平仮名ばかりだが、丁寧にしっかりと書かれた字で、行灯《あんどん》の薄明かりにも読み易《やす》い。

『この子の名は仙太郎《せんたろう》と申します。わけあって手もとにおいておけなくなりました。もめごと、そうだんごと、なんでも、うでをかしていただけるとしり、とつぜん、ごむりかと存じますが、おすがり致します。しばらくの間、引きとりにまいりますまで、おあずかりくださいませ。この一両は、今のわたくしにできるぎりぎりのお金です。何とぞ、あはれとおぼしめして力をおかしくださいませ』

何処の誰とは一行も書かれていない。一分銀、二朱金が何枚かと小粒を合わせて、一両が丁寧に紙に包まれていた。

「うぅ〜む」

敬之助は腹の底から太く息を吐いた。萬《よろず》、腕は貸すが、まさか、赤ん坊の世話までとは……。

とりあえず、急いでおしめを外した。やはり濡れていた。風呂敷の中の乾いた綺麗《きれい》なおしめに替えようと、こわごわ赤ん坊の両足を持ち上げた。途端《とたん》にピュッと、可愛いおちんちんから小水が勢いよく、敬之助の顔目掛けて飛び散った。汚いとは思わなかった。掌《てのひら》でさっと拭《ぬぐ》って、おしめを替えた。

泣き声が止んだ。やはり思った通り、濡れて気持ち悪かったのだろう。黒目勝ちの丸い瞳がくるくるとして、敬之助も我知らず（可愛い赤ん坊だ）と思わずにはいられなかった。傍に横たえて、ぽんぽんと優しく、お腹のあたりを叩《たた》いてやると、すやすやと眠りについた。

「さて……」

敬之助は眠るどころではなかった。

（明日から、どうしたらよいのか？）

眼が冴《さ》えて、眠れるはずがない。半刻（約一時間）もせずに、赤ん坊がまた、泣きだした。慌てて、おしめを替えたが、今度は泣き止まない。乳だ、腹が減っているのだろう。頭をめぐらす。この裏店で、最近子を産んだおかみさんがいたろうか……。

（そうだ！　弥八《やはち》の女房のおすみさんがいた）

いつも一歳くらいの赤ん坊を負《お》ぶって、井戸端で洗濯したり、洗い物をしたりしている。まだ最後の子を産んで一年くらいだったら、乳は出るだろう。仙太郎を抱き上げ、手燭を右手に持ち、外に出た。三軒斜向《はすむ》かいの左官《さかん》職弥八の家の戸を遠慮気味に叩いた。

「弥八さん、おすみさん、夜分すまない。起きてくれぬか」

障子戸に耳を押し付けたが、し～んと何の反応もない。今度は障子戸を叩く音も高く、声も大きく張って再び呼び掛けた。

「弥八さ～ん、おすみさ～ん、すまない、開けてくれ」

ようやく、眠そうな声が、応《こた》えた。

「誰だい？　こんな夜中に」

「ああ、斜向かいの水川です。至急の頼みがあってお訪ねした。頼む、開けてくれぬか？」

ガタピシと障子戸が開いて、何ですぅ、こんな時分に、と瞼《まぶた》をこすりながら、寝ぼけ眼《まなこ》のおすみの顔が覗いた。

「あ～、助かった。この子に乳を呑《の》ませてやってくれぬか。ほとほと困っているのだ、頼む！」

「え～っ、どうしたんですよぉ、先生」

切羽《せっぱ》つまった様子の敬之助と赤子を見て、眠気も吹き飛んだ風のおすみに、仙太郎を押しつけながら、

「訳はあとだ。とにかく早く、乳を」

敬之助はもう、仙太郎よりも自分が泣きたい気分だった。

弥八とおすみは、確か子供が四、五人はいる子だくさんの夫婦だ。おすみは、

太り肉《じし》の身体《からだ》を後ろに向けて、仙太郎を胸に抱えた。

　すると、泣き声は止み、すぐにウグウグと乳を呑む音が聞こえた。

「この子はよっぽど、お腹が空いてたんだねぇ〜。吸われると痛いくらいだよ」

　ホッとした敬之助が、額《ひたい》の汗を拭っていると、おすみの後ろから、ぬぅと馬面《うまづら》の弥八が、これまた寝ぼけ眼で出てきた。

「どうしたんでぇ、おすみ。おいらは明日の朝は早《はえ》ぇんだぞぉ」

「あっ、すまぬ、弥八さん。実はな……」

　仙太郎がおすみの乳に吸いついている間に、先ほどからの置き去り事件を早口に話して聞かせた。二人とも眼を丸くして人の良さ丸出しで聞き入っていたが、

「そりゃぁ先生。大変だねぇ、とんだ災難が、転げ込んできちまったねぇ」

　と、おすみが、ようやく満足げにすやすやと眠りに入った仙太郎を覗き込みながら云《い》った。

「いや、災難とまでは思わぬが……おすみさん、こんな夜分に、とんだご迷惑をおかけした。助かりました。また、乳を欲しがるようなら、お世話になるかも知れません。起こしてすまなかった。弥八さんも、申し訳ない」

　平身低頭《へいしんていとう》して、仙太郎を抱き、わが家へ戻った。

仙太郎は気持ちよさそうに寝ている。

敬之助の方は眠るどころではなかった。明日からの暮らしが、思いやられる。まさか赤ん坊を抱えて、腕貸し業もなるまい。どうするか……。頭の中を、さまざまな思いが交錯《こうさく》し、寝返りばかりで熟睡など思いもよらない。

また、泣き出した――今度はおしめだった。おしっこに用心しながら替えた。障子戸に薄明るく陽《ひ》が射《さ》し、やがて明け六つ（午前六時）の鐘が鳴った。

寝不足だ。頭が重い。

――障子戸がこつこつと叩かれ、忍びやかな声が聞こえた。

「先生、お目覚めですか？　斜向かいのおすみですが……」

「おすみさんか、助かった。ちょっと前から、またぐずり出して。腹が減ってるのかなぁ」

「ささ、赤ちゃんをお貸しな。うちの三太《さんた》はもう済んだからねぇ。ひとりも二人もおんなじさぁ。はいはい」

仙太郎を受け取って後ろを向き、器用に前を広げて乳を吸わせ始めた。仙太郎はむしゃぶりついてちゅうちゅうと吸っている。

五つ（午前八時）には、塚本道場での剣術指南《しなん》の仕事が控えている。仙太郎をあやしながら、冷や飯に茶を掛け、たくわんをおかずにかっ込んで腹ごしらえをし、おしめを取り替える。再びおすみの家を訪ね、声を掛けた。留守だ。

弥八は既に左官の仕事に出掛けたのか、応答がなかった。ふり返ると、おすみは、井戸端で三太を背負って、洗い物に忙しそうだ。長屋のおかみさん連中でかまびすしいその場へ、仙太郎を抱っこしながら向かい、声を掛けた。

おかみさん連中が一斉にふり返った。口々にさえずりだす。

「おすみさんに聞いたよ、先生。えらいことになっちまったねぇ」

「まさか、先生のやや子じゃないだろうねぇ?」

「ば、馬鹿なことを云っては困る。私はそのような……」

「あっはっはっは、先生、赤くなってるよぉ、嫌だねぇ、からかっただけ」

噂《うわさ》好きのおかみさんたちのいいネタにされていたらしい。

「おすみさん、すまぬ。私は道場へ行かねばならない。おしめは替えておいた。腹を空かしたら、また、乳を頼みます」

おすみに仙太郎を預け、おかみさん連中の冷やかしと同情の声に送られて、刻限通りに塚本道場に顔を出した。

自分ではいつも通りのつもりだったが、小雪に見抜かれたらしい。

「敬之助様、如何《いかが》されました。今日はお元気がありませんね」

「いやちょっと寝不足で」

「まあ、どうなさいました？　何か……」

まさか十八歳の小雪に相談も出来まいと、適当に誤魔化《ごまか》した。九つ（午後零時）までの時間が長く感じられた。預けた仙太郎が気になって仕方がなかった。

二

炎熱の葉月《はづき》（八月）も過ぎ、長月《ながつき》（九月）の秋を迎える涼風が、狭い裏庭へ吹き抜ける。

猫の額《ひたい》ほどの縁先の庭に、可憐《かれん》な桔梗《ききょう》の薄紫《うすむらさき》の色が揺れていた。

この花は、日本橋音羽町《おとわちょう》で小料理〈ふじ志麻《しま》〉を営《いとな》む女将《おかみ》のお志麻《しま》がくれたものだった。一度だけ大家《おおや》の五郎兵衛に連れられて行ったことがあるだけなのに、しばらくして押しかけてきた。殺風景《さっぷうけい》な独り住まいの男所帯を気にかけて、可愛い花の一つもと云って苗を植えてくれ、それが花開いたものだ。

敬之助としては、男の独り所帯に婀娜《あだ》っぽい小料理屋の女将などが気安く出入りしてもらってはと、ほとほと困っているのだが、その強引さに手を焼いている。どう扱っていいのか、皆目《かいもく》分からないのだ。

「御免くだせえまし。先生はご在宅でごぜえますか？」

怯《おび》えたような声音《こわね》が聞こえた。

敬之助はちょうど、お熊の世話で遅い中食《ちゅうじき》を摂《と》っていたが、はい、とお熊が応えて立ち上がり、腰高障子を開ける。

お熊には、昨夜からの赤ん坊の一件は話しておいた。おや、まぁと驚いていたが、今は孫を世話するように面倒を見てくれている。仙太郎は横に寝かされて、あぶぶ、あぱぁ、と機嫌よさそうに頰《ほお》を膨《ふく》らませ、舌をぺちゃぺちゃやっている。

開けた障子の前に、敬之助の向かいに住む大工《だいく》職人の松吉《まつきち》が心細げに佇《たたず》んでいた。

松吉は、常日頃、敬之助宅の壊れた棚や、建てつけの悪くなった建具《たてぐ》をいつも気軽に直してくれる、気のいい隣人だった。その松吉が無精髭《ぶしょうひげ》を生やした生気のない顔で悄然《しょうぜん》と立っていた。

「まぁ、松っつぁん、どうしたんだい？　そんな蒼《あお》い顔をしてぇ。さぁ、お入り。先生に何か相談でもあるのかい？」

熊が心配そうに出迎える。

「へぇ……、御免くだせえまし」

敷居を跨《また》いで土間には立ったが、まだ項垂《うなだ》れたままだ。

日向《ひなた》から屋内に入って、背から陽を受け、相貌《そうぼう》は影となりその表情は分からない。箸《はし》を置いて敬之助が優しく尋ねた。

「松吉さん、どうした？　私の腕を借りたいことでも起きたのか？」

「へえ、実は……」

と口籠《くちご》った松吉は、堪《こら》えていたのだろうが、いきなり上がり框《がまち》に膝をついて堰《せき》を切ったように泣き出した。

まぁ、どうしたんだよ松っつぁん、と云うお熊に頷《うなず》いて、敬之助は立ち上がり、松吉の傍《かたわ》らにしゃがんで再び訊《たず》ねた。

「さぁ、云って御覧なさい、松吉さん。助けてあげられると思うよ」

「へえ、実は……、おっ母《か》ぁが半年ほど前から病を患《わずら》い……」

「うむ、それは存じている。容態が悪くなったのか？」

「いえ、それが……お医者の先生は、滋養《じよう》のために朝鮮人参《ちようせんにんじん》を与えるようにとのお診立《みた》てで……懸命に働きやしたが、あっしの手間賃じゃとっても追いつかねえ」

松吉は拳《こぶし》を握って涙と鼻水を拭いながら声を絞り出して云った。

「それでつい、紺屋町の金貸しの儀十《ぎじゅう》親分にお願いして二両の金をお借り致しやした。けど、利息だけ払うのが精一杯で、とても元金を返すまでは回りません。それが……昨日……」

涙ながらにようやくそこまで喋《しゃべ》ると、また肩を震わせて顔を伏せた。

途切《とぎ》れ途切れに語るところによれば、こういうことだ。

昨日午前《ひるまえ》――ガラッと戸障子を乱暴に開けて、金貸し儀十のところの小頭《こがしら》、権《ごん》蔵《ぞう》が子分二人を従えてぬうっと入ってきた。

松吉はこの日、お袋さんの具合が朝から悪いので、仕事を休み、母親の看病をしていたらしい。

「おう、松吉ィ、おめえに貸した二両の金はまだ一文も返済されてねえな。親分からの催促《さいそく》だ。今日一文も払えねえんだったら、布団でも何でも金目《かねめ》の物を引っ剝《ぱ》がしてこいと云われて来たんだ。どんな具合だ？」

権蔵はじろりと部屋の中を見回して舌なめずりをした。

松吉が権蔵に縋《すが》りついて云った。

「親分には昨日お目に掛かって利息だけは払いました。まだ元金は待って頂けるとおっしゃってくださったはずです。何とか、何とか……」

「うるせえ！　約束は約束だァ。今おっ母さんが寝ている布団をもらっていくぜ。おうッ、てめえら！」

せせら笑っている子分二人に顎《あご》をしゃくった。

へぇ～い、と面白そうにその子分二人がずかずかと土足で家に踏み込んだ。そして母親の寝ている布団の上と下とを摑《つか》んで、ヨイショッと調子を合わせて引き剝がした。母親のおきみの痩《や》せた躰が転がり落ちた。

「お願い致します、それだけは、それだけは……」

涙を流し布団にしがみつく松吉を権蔵が、やかましいッと蹴り倒した。

部屋の隅ですくみ上がっていた十四歳になる娘のまきが、ワッと泣き出した。

それを見た権蔵が、松吉の襟《えり》を摑み、顔を嚙《か》みつくほどに近付け、

「おい、松吉、次はこの娘だ。岡場所《おかばしょ》で働かせてでも返してもらうぜ。分かってるな！」

お熊を見ると、目を潤ませて敬之助を見て頷いた。敬之助も頷いて立ち上が

り、奥の六畳間の刀架《とうか》から大刀を取り、帯に手挟《たばさ》んだ。

「お熊さん、中食が途中になってしまったが、こっちの方が先だ。松吉さん、心配するな、私に任せておきなさい。案内してくれるか？　お熊さん、留守中、仙太郎をお願い致します。乳を欲しがったら……」

「ああ、ああ、分かってるよ。さぁ、行ってやっておくれ」

寝かされた仙太郎に気付いて、きょとんとしている松吉の肩を叩いて促し、陽光の眩《まぶ》しい日向に足を踏み出した。

鍛冶町から北へ三町（約三二四メートル）ばかりのところ、紺屋町筋に金貸し口入《くちいれ》稼業の儀十の住まいがあった。

松吉を表に待たせ、暖簾《のれん》を撥《は》ねて薄暗い土間に立つと、いかにも破落戸《ごろつき》の三下《さんした》といった格好の、うらなり瓢簞《ひょうたん》のような男がふり返って、鼻であしらうような口調で云った。

「あぁ、お侍《さむれ》ぇさん、今日の仕事はもう終わりですぜ。仕事が欲しかったらもっと朝早く来なくちゃいけねぇ。それとも、金がご入用かい？」

敬之助は羊羹《ようかん》色に褪《あ》せた袴《はかま》と着物を着て、月代《さかやき》も剃《そ》らず総髪にしており、ひと目で浪人と分かる風体《ふうてい》だ。見下されて当然か……。

「いや私は、仕事が欲しいのでも借金の申し込みでもない。儀十親分にお目にかかりたいのだ」

「親分にお目にかかりてえ、だとォ？　気安く云ってくれるじゃねえか。うちの親分はなぁ、そう簡単に初めての客人にゃ会わねえんだ。出直してきやがれッ」

うらなり瓢箪の三下が三白眼《さんぱくがん》に凄《すご》みを利《き》かせ、首を突き出して意気込んだ。

「まぁそう云わずに、親分に会わせてくれぬか。この通りだ。頼みます」

敬之助は頭を下げた。うらなり瓢箪はますます図に乗って、居丈高《いたけだか》に怒鳴《どな》る。

「ならねえッ！　痛《いて》ぇ目を見ねぇうちに、とっとと帰りやがれ！」

もう仕方がない。目の前にある三下の顎を掴んで、思いっ切り捻《ひね》った。いつまでも下手《したて》に出ていては埒《らち》が明かぬ、舐《な》められる、と踏んだからだ。少々の脅《おど》しも加えた口調で云った。

「私は本当は気が短いのだ。また出直してくるほど悠長《ゆうちょう》に待ってはおれぬ！　親分に会わせてくれぬか」

「アイテテテッ、誰かァ～」

うらなり瓢箪がひょっとこ顔に歪《ゆが》み、悲鳴を上げて背後へ助けを求めた。すぐに、どかどかっと、足音荒く廊下板を踏み鳴らして、奥の方から五、六人のならず者たちが飛び出てきた。

中でも躰が人一倍大きい兄貴分らしい奴が喚《わめ》いた。

「おい、六助《ろくすけ》、どうしたんでぇ！　なんでぇッ、そのサンピンは？」

その六助の顎を突き放した。六助は、ウワッ、と叫んで上がり框にへたり込んで顎をさすりながら云った。

「あぁ、権蔵兄《あに》ぃ、このサンピンが親分に会いてぇとかで、いきなり……」

「野郎ッ！　何しに来やがったァ！」

「うむ、〈五郎兵衛店〉の松吉の借金だが、もうしばらく待ってくれと頼みに来た」

「何をッ！　昨日、布団を引っ剝がしたあの大工か。四の五のぬかしやがると、その口ン中に手ェ突っ込んで、奥歯ガタガタ云わせたるぞ！」

「ほう、そのような器用なことが出来るのか？　やってみせてくれぬか」

「素っとぼけやがって！　野郎ども、やっちまえッ！」

それを合図に、三、四人の子分がバッタのように一斉に飛び掛かってきた。

躰が自然に反応した。

——降りかかる火の粉は払わねばならぬ。

正面の男の顎を拳《こぶし》で突き上げ、次は喉ぼとけに手刀《しゅとう》をお見舞いした。

グエッと蛙《かえる》のような声を漏《も》らして倒れた。

次の奴は殴《なぐ》り掛かってくる右腕を肩に担《かつ》いで、一本背負いで投げ飛ばした。

一尺五寸（約四五センチ）高の帳場から、頭上を大きく飛んで土間に着地した。嫌な音が響いた。折れたか、外れたか。習い覚えた体術が役立っている。

瞬《また》く間に三人を叩き伏せた。あとに残った小頭の権蔵が、野郎と唸《うな》って懐《ふところ》に手を入れ匕首《あいくち》を引き抜いた。表から射し込んだ昼の光に九寸五分（約三十センチ）の刃が禍々《まがまが》しい輝きを放っている。まずい状況になってきた――。

その時――。

「権蔵、どうしたんでぇ、騒々《そうぞう》しいッ」

奥から野太い声が聞こえ、親分らしい大柄の四十がらみの男がうっそりと出てきた。眼玉も、鼻も、口もすべて大づくりの悪相だった。

「これは儀十親分ですか。私は水川敬之助と申す〈五郎兵衛店〉に住まう者だが……もうお分かりかな？」

ニタッと相好《そうごう》が崩れ、狡猾《こうかつ》そうな表情に一変して、儀十が云った。

「何でぇ、大工の松吉の借金のことでござんすかい？」

「分かりが早くて助かる。松吉はきちんと利息は払っていると聞いた。それなのに病に臥《ふ》せっているお袋さんの布団を引き剝がしていくとは、人の道にも悖《もと》る。次は娘を岡場所に売り飛ばすと脅したそうだが、懸命に働いて、真面目《まじめ》に払っている松吉の事情を察してやってくれぬか？　それが人の情というものだろう？」

「世の中そんなに甘くはねえんだ。おめえさんが肩代わりしてくれるってえのかい？　元金を一文も入れねえで、勘弁してくれたぁ、虫が良すぎるぜ」

「そうか……本日は手元不如意《ふにょい》につき、一両しか持ち合わせがない。これを借りた元金の半分に充《あ》ててくれぬか」

敬之助が懐から、なけなしの小判を取り出し、儀十の眼の前に差し出した。

「ほほぅ、持ってるじゃねえか小判を。あと半分か……おい、布団を返してやりな」

「松吉が表で待っている。大八車に布団を載せてくれぬか。曳《ひ》いて帰る」

「そりゃあいいが、こいつら子分の治療代はどうしてくれるんでぇ？　ほらほら、腕を折られちまって唸ってるぜ、可哀《かえ》そうに……」

「そこまでは面倒見切れぬ、身から出た錆《さび》だ」

踵《きびす》を返す後ろ姿目掛けて、権蔵が、野郎ッと匕首を閃《ひらめ》かせて突き掛かった。

一歩左へ躰を避けて、権蔵の頸《くび》っ玉摑んで腰に載せて土間へ投げ飛ばした。

ウ～ンと唸って権蔵の背が反《そ》り返った。その仰向《あおむ》けの権蔵の胸を脚で押さえ、匕首を握った右腕を捻った。匕首が手から離れた。

権蔵は小娘のような甲高《かんだか》い悲鳴を上げて、肘《ひじ》を抱えて土間を転げ回った。

「治療費は出せぬ。何とかに刃物と云うが、あまり気軽にふり回すものではない、自業自得《じごうじとく》だ。では、大八車と布団を頼む。こちらで曳いて行く」

呆気《あっけ》に取られる儀十一家を尻目に、うらなり瓢箪が担いで来た布団を積んで、松吉と一緒に大八車を曳いて五郎兵衛店を目指した。

こうして叩きのめしただけでは解決にはならぬな、と分かっていた。だが一方で、人助けをしたという清々《すがすが》しい気分を味わっていた。

それと、同情からとは云え、なけなしの一両小判を投げ出したことを悔やんでもいた。一両稼《かせ》ぐのがいかに大変なことか身にしみて分かっていたから――。

松吉は、ちゃんと返してくれるだろうか、長くなるだろうなと自然と溜息が口から零《こぼ》れた。

三

〈五郎兵衛店〉の木戸門を潜《くぐ》ると、鼻たれ小僧たちが木の枝や竹棒を握って、ワア～ッと戦《いくさ》ごっこの喊声《かんせい》を上げていた。どぶ板を踏んで駆け過ぎて行く。いつもの見慣れた光景だ。塚本道場の門弟の三吉が、先頭切って威張《いば》っていた。

だが、奥の井戸端で茶碗を洗い、洗濯しながら四、五人の長屋の女房連中が、こそこそと囁《ささや》き合って敬之助の家を覗き込むような様子に気が付いた。

見れば、我が家の入り口の脇に立派な武士が二人立っている。

大八車を曳く松吉に、何度も礼を云われながら手を振って別れ、我が家に近付いて訊《き》いた。

「私の家に御用ですかな」

はっとふり向いた年嵩《としかさ》の武士が、控えめな口調で答えた。

「これは水川殿でござるか。ささ、お入りくだされ」

と、障子戸を開けてくれる。(この家は私の家なのに)と思いつつ、二人の顔を見遣りながら、土間へ入った。

沓脱《くつぬぎ》に立派な草履《ぞうり》が揃《そろ》えられ、薄暗い奥の部屋に、大家の内儀《おかみ》お熊が向かい合って座し、その前に羽織袴姿の齢《よわい》四十は過ぎたころか、立派な風采《ふうさい》の武士が端座《たんざ》していた。

「あっ、先生。お客様が先ほどからお待ちかねでございますよ。良いお話です。お引き受けしたらいかがですか?」

そう云いながら、茶を淹《い》れ替えに立ち上がったお熊と代わって、武士に正対して座った。仙太郎の姿が見えないということは、乳やりの時刻でおすみに預けたのだろう。

月代を剃ったその髪と鬢《びん》には白いものが混じっているが、いかにも大身《たいしん》の旗本といった貫禄《かんろく》と風情《ふぜい》を漂わせている。

「お熊さん……」

「はい、うちの亭主が新鮮な魚を頂いたので、焼いて晩のおかずにと思って先ほど持ってきたら、玄関でお武家様がお待ちでした。お節介《せっかい》かとも思いましたが、お座敷に上がってもらって、お話を先に伺《うかが》いました」

敬之助は腹の裡《うち》で舌を巻いたが、静かに口を開いた。

「水川敬之助と申します。よくぞこの様な家へお越しくだされた」

「ええ、ええ、どうせむさ苦しい長屋でしょうよ」

聞き咎《とが》めたお熊が、口を尖《とが》らせて文句を云った。

「あ、いやすまん。つい、口が滑って……。いや、この女性《にょしょう》はこの裏店の大家さんのお内儀でお熊さんと申します。一人暮らしの私が何もかも頼ってお世話になっております。……して、本日のお訪ねの御用はどのような件でございましょう」

「それがしは、御公儀大番頭《ごこうぎおおばんがしら》、水野周防守《みずのすおうのかみ》様五千石にお仕《つか》えする木澤甚内《きざわじんない》と申す者。用人《ようにん》でござる。剣の腕前を先日道場の窓から拝見致しまして、是非ともそのお腕前をお貸し願いたく本日罷《まか》り越《こ》しました。聞けば、この家の勘定奉行《かんじょうぶぎょう》殿は、お熊殿でおられるとか……」

敬之助がふり返って、澄ました顔で茶を淹れるお熊の姿に眼を遣って云った。

「お熊さんが、そう申されたか？」

「いかにも。先ほどお熊殿にお伺い致しました掛《かか》りは、此度《こたび》の我らへの腕貸し料ならば二十両の値とか……少々お高いかとも存じましたが、背に腹は代えられず、お引き受け頂きたくお願い申し上げまする」

(二十両……？)

内心ではギョッとしたが、平静を装《よそお》って、隣の間の長火鉢の前でチンチンと湯気を立てる鉄瓶から急須に湯を注ぎ、茶を淹れ替えるお熊の顔に再び眼を遣った。

平然と茶を淹れながら、敬之助の視線を感じたのか、その顔がふと上がって敬之助と眼が合った。

お熊はニコッと邪気を感じさせない笑顔を見せた。

敬之助はう〜むと腕を組み、深刻そうに眉《まゆ》を寄せて唸った。

それを見て、敬之助が躊躇《ちゅうちょ》していると受け取ったのか、木澤甚内が熱意を籠《こ》めて身を乗り出して云った。

「お引き受け頂けまいか。当方としては、是非にもお願いしたいのだが……」

「それは、よほど難しい、危険を伴うことなのですかな？　許せる範囲で結構です。お話し頂けませんか」

用人木澤甚内が膝を乗り出して、気むずかしげに話しだした。

「されば……このひと月の間に二度、何者かに我が殿の御駕籠《おかご》が襲われましてな。一味は常時五人、黒頭巾《ずきん》で顔面を覆い、浪人のような風体でござった。当家の家臣三名があえなく惨死致しました。何故《なにゆえ》、殿が命を狙《ねら》われるのか、外出の予定が分かっているのか、皆目《かいもく》思い当たる節《ふし》がござらぬ。水川殿には、登城、下城の際に駕籠脇に付いて、殿をお守り頂きたいのだが……」

「分かりました。その凶賊共から、周防守様をお守りするのが私の役目ですな。さしずめ、用心棒……」

「まぁ、云えば、そういうことになりますな。いや、もし刃傷沙汰《にんじようざた》になりましても、御公儀への申し開きは、当水野家の面目《めんぼく》に懸けて、貴殿に迷惑の掛かるような事態にはなり申さぬ。安心くだされ」

その時、お熊が澄ました顔で、湯気の立つ湯呑み茶碗を、粗茶でございます、と木澤甚内と敬之助の前に置いた。

敬之助を見上げながら、お熊らしからぬしおらしさで云った。

「お話がまとまったようで、ようございましたねぇ、先生」

「いやぁ、お熊殿の口添えのおかげです。助かり申した。では早速、これは前渡金の半金でござる。お納めを」

甚内が小判十枚を重ねて草色の袱紗《ふくさ》の上に載せて、ぼろ畳の上を滑らせて膝元に置いた。それを見たお熊が膝を進めて云った。

「木澤様、決してご期待に背《そむ》くようなことにはなりませんよ。うちの先生が引き受けたからには、もう大船に乗ったおつもりで安心くださいまし」

お熊は、自分の手柄かのように、太鼓判《たいこばん》を押した。

「痛み入り申す。これでそれがしも思い切ってお訪ねした甲斐《かい》があったというもの。殿のお出掛けの際には、すぐにも小者《こもの》を走らせますので、ご配慮のほどをお願い致す。では、ご無礼を」

立ち上がる木澤甚内に一礼し、いそいそと上がり框まで見送りに立つお熊を見遣りながら、敬之助は腹中で唸った。

このお熊にして、百戦錬磨《ひゃくせんれんま》と云うか海千山千《うみせんやません》と云っていいか、世渡りの逞《たくま》しさ、したたかさはどうだ。

交渉事などやったことのない自分にとって、何とも心強い口添え役がいてくれたものだと、胸を撫《な》で下ろす気分だった。

それも腕貸し料としては、破格《はかく》の二十両などと目の玉が飛び出るような値を、平然としてふっ掛けて、相手に認めさせるとは……。

しかし、気にかかるのは、一昨日夜半、表に置き去りにされた赤ん坊、仙太郎のことだった。何の手掛かりもないのに、夜の夜中に赤ん坊を抱えた女性を見かけなかったか、などと尋ね回るわけにもいかない。

敬之助一人では、全くお手上げだったに違いない仙太郎の世話も、〈五郎兵衛店〉に住まう人たちの厚い人情に支えられている。

生計のためにと、五郎兵衛夫婦の勧《すす》めもあって『萬、腕貸し仕《つかまつ》り候《そうろう》』の看板を掲げた敬之助であったが、徐々《じょじょ》にではあるが稼業として成り立つようになった。今回は、二十両という破格の報奨《ほうしょう》をもらえる件が舞い込んだ。

何やら皆目分からぬが、この剣の腕を貸し、襲い来る凶賊を阻止すればよいという、いわば用心棒代わりの仕事だ。毎日という事はあるまい。その都度お呼びがかかり、雇い主の殿様水野周防守の命を守るという腕貸し料だ。その期限は、まずはひと月、という約定《やくじょう》を交わした。

既に三人の家臣が斬殺されているという――万一、抜刀しての刃傷沙汰になったら……との思いから、真剣と、それを遣う呼吸に慣れておかねばと、早朝から塚本道場へ出掛け、稽古始めの前の半刻（約一時間）を、自らの鍛錬《たんれん》のために充てることにした。

誰もいない道場で、敬之助は帯に手挟んだ大刀をすらりと抜いた。

父の遺品〈三日月宗近《みかづきむねちか》〉――刃渡り二尺四寸五分（約七十四センチ）。元幅広く、切っ先に行くほど細くなり、三日月型の流麗な刃紋を持つ刀身は、敬之助の武芸者としての誇りを満足させてくれる業物《わざもの》だった。

汗を飛び散らせ、道場一杯を駆け、飛び、抜き打ち、斬り込みの手練《しゅれん》の早業《はやわざ》は、余人《よじん》も近付けぬ気迫に満ち、峻烈《しゅんれつ》なものであった。

早出の門弟たちが、挨拶《あいさつ》の声を掛けるのを躊躇《ためら》うほどの打ち込みようで、初めて見る師範代の凄絶《せいぜつ》な姿に呆然《ぼうぜん》と佇み、道場の板壁に沿って端座《たんざ》して息を呑んで見守るばかりだった。

眼を皿のようにして見つめる門弟たち。やがて五つ（午前八時）の鐘が鳴るのに気付いた小太郎が、

「師範代、そろそろお稽古の時刻ですが……」

と促すのがようやくの有り様だった。声を掛けるのがはばかられるほどに気が迸《ほとばし》っていた。

「あれ……すまぬ、先にひと汗かいておった。では、始めようか」

真剣を鞘《さや》に収めて刀架に置き、竹刀を握った。

塚本道場の娘小雪と、弟でもあり門弟の小太郎が、同時に冷たく絞った濡れ手拭いを差し出した。

「すまぬ、小太郎。小雪殿、有難うござる」

「そんな、堅苦しい。喉を潤《うるお》しますか」

「いやいや、お気遣いは無用です。さぁ、始めよう！」

えいッ、えいッ　と門弟たちの気合の掛け声が道場いっぱいに轟《とどろ》く――。

ある意味、腕貸し業の初仕事が、この塚本道場の剣術指南だった。半年前、ようやく〈五郎兵衛店〉に落ち着き、さて明日からの糧《かて》を何で得るか、と思案《しあん》の末思いついたのが、己の腕を貸し、それで手間賃を得て生計の足しにしようと始めた仕事だったのだ。

魚市場の荷揚げ人足や大工の下働きの汚れ仕事ではなく、剣術の腕を見込まれての仕事。江戸での暮らしの始まりにこのような好運が舞い込むとは、と喜んで勤めはじめて早半年――。

持ち込まれる腕貸し業は細々《こまごま》とした依頼が多かった。夫婦喧嘩の仲裁、先ほどの松吉のような借金取り立ての引き延ばし願いなど、ついつい同情して、手間賃など度外視《どがいし》してなかなか商売に結び付かなかったのだが……今回は何と値二十両の大仕事だ。

敬之助としては、真実困っている貧しい人々からは手間賃は取らぬ。裕福《ゆうふく》なご大身のお武家、あるいは暖簾《のれん》の大きな豪商からの依頼には躊躇うことなく、思う存分の腕貸し料を請求をする——貧に薄く、富には厚くを実践している。これで、差し引き勘定は合う。

敬之助は、十両の前金を支度金と考え、身形《みなり》を調《ととの》えようと、日本橋の呉服屋〈越後屋《えちごや》〉を訪れた。御大身の水野様の駕籠脇につくのだから、貧しい恰好では申し訳ないと、水野家の体裁を考えたのだ。

出来合いの紺地に白の鮫小紋《さめこもん》の単衣《ひとえ》に袴《はかま》、無紋ではあるが羽織を誂《あつら》えた。

次に町内の湯屋へ行き、髪結いに毎日の手入れが大変だからと月代は剃らず、総髪のまま髷《まげ》を結い直してもらった。

それだけで、身も心も見違えるように変わり、いやはや、金の有難味が身にしみた。

帰りがけ、長屋の入り口で大家差配の五郎兵衛にばったりと会った。

五郎兵衛はその変わり様に、

「あぁ水川様、見違えました。何処ぞにご仕官が決まりましたので？　先ほどは立派なお武家様がお訪ねのご様子だったので……まさか、うちの長屋を出て行くなんてことでは……」

「いやいや、思い過ごしだ。ことのいきさつは内儀のお熊さんに聞いてくださ
れ。私はこの長屋が気に入っている、出て行くつもりなどありません」

「いやぁ、それをお聞きしてほっとしました。うちの店子《たなこ》連中も、水川様を頼りにして、みんなが慕《した》っておりますからなぁ……何やら大工の松吉がお世話になりましたそうで。あっ、またお客様らしき方がお待ちのようですよ、千客万来《せんきやくばんらい》でようござりましたなぁ……」

と大きな頭をふりふり、両手を後ろに組んで、ちょこちょこと帰って行った。

『大家は親も同然、店子は子も同然』が口癖で、店賃五百文も、あれば払い、無ければいつまでも待ってくれるという人情味たっぷりの有難い大家さんだ。

その大家五郎兵衛が、すぐ引き返してきて呼び止めて云った。

「水川様、忘れておりました。新しい瓦版《かわらばん》はすべて買っておいてくれと頼まれておりましたのに、今日出ましたものをお渡しするのを忘れておりました。どうもこのところ、物忘れがひどくなる一方で……はい、これでございます」

と懐から四つに畳んだ読売を取り出した。

「またまた、短筒《たんづつ》の辻《つじ》撃《う》ちが出たようでございますなぁ。今度は浅草《あさくさ》日本《にほん》堤《づつみ》ですよ。物騒《ぶつそう》で夜遊びも出来ません」

「うむ。すみません。今お代を……」

「いやいや、これしきのお足《あし》など、頂くわけには。それより、ほれ、お客様がお待ちのようですよ」

首を伸ばして長屋の方を見てから、恐縮する敬之助を残して五郎兵衛は足早に帰って行った。

瓦版の中身も気になったが、客を待たしてはならぬと、わが家へ急いだ。

四

軒下に吊るした看板の陰に隠れるように、立派な風采《ふうさい》の男女が立っていた。

（このふたりが客だな）五郎兵衛の見た通り、敬之助にもそう思えた。

当てずっぽうではない。その男の相貌《そうぼう》には、悩みを抱えてどうにも解決出来ぬ苦渋《くじゅう》の思いが色濃くにじみ出ていた。眉間《みけん》に皺《しわ》を刻《きざ》んで、思いに沈んだ顔つきから察するに、救いを求め、思い切って訪れたに違いない。

男が軒下から出てきて、丁寧に辞儀《じぎ》して云った。

「水川様でいらっしゃいますか、お待ち申しておりました。どうにも手前どもでは扱いかねる問題を抱えまして、本日はお力をお貸し頂きたく……」

躰も痩せて細いが髪も薄くなった、気弱そうな主人らしき男が小腰を屈《かが》めて、挨拶した。

「お待たせ致したかな。さぁ、汚いところですがお入りくだされ。さぁどうぞ」

と、鍵も錠も掛けていない戸障子を開けて、招き入れた。眩しい外の陽光に比べて、一歩土間に足を踏み入れると、暗闇に目を塞《ふさ》がれたような感じを覚える。

二人を裏庭に面にした奥の六畳間に案内し座布団を勧《すす》めて、敬之助は大刀を刀架に掛け、二人の前に端座した。

「私どもは日本橋小松町《こまっちょう》で両替商を営《いとな》んでおります〈大黒屋《だいこくや》〉清兵衛《せいべえ》と家内の登勢《とせ》でございます。先生の噂を耳に入れまして、何とか力をお貸し頂きたく本日はお伺いしました。ついては……」

身を乗り出す清兵衛を手で制し、只今お茶を一服進ぜよう、と立ち上がった。するると、敬之助を上め、お内儀のお登勢が立ち上がって云った。

「いえ、私が……先生自らそのようなことは……」

清兵衛がそれを横目に、再び待ち切れぬように身を乗り出して云った。

「恥をさらけ出すようで、恐れ入りますが、総領息子の清太郎《せいたろう》の行状について、ほとほと弱り果てております。と申しますのは、何処かの茶屋で知り合ったらしい破落戸《ごろつき》におだてられ、博奕場《ばくちば》へ出入りし始め、大きな借金を作りまして、このままでは身代《しんだい》も失いそうな有り様でございます」

茶を淹れてきた小柄な内儀のお登勢が、傍らから口を差し挟んだ。

「嫁取りの良縁も舞い込んできたのでございますが、この有り様ではどうなりますことやら……」

目頭《めがしら》を押さえて口籠った。

「ふ〜む。まず清太郎さんの眼を覚まさせることが一番のようですな。で、その博奕に引きずり込んだ破落戸とは誰ですかな」

「はい、浅草を根城に悪名を馳せております、天神《てんじん》の喜三郎《きさぶろう》という、十手《じって》も預かる二足草鞋《わらじ》の金貸しでございます。清太郎はそこでよほどいい思いをさせてもらっているのか、家にも帰らず、どうしたものかと思案に余りまして……」

「分かりました。早速、私がその天神一家に顔を出してみましょう。まずは、その入り浸《びた》っている博奕場ですな、……場所は何処です？」

夫婦二人ともに、ほぉ〜と表情に陽が射したように明るさが戻り、顔を見合わせる。清兵衛が眉を寄せ思い出しながら云った。

「はい、何でも、合引橋《あいびきばし》を渡って松平土佐守《まつだいらとさのかみ》様の中屋敷裏の、直参《じきさん》お旗本三千石有馬兵庫頭《ありまひょうごのかみ》様の中間《ちゅうげん》部屋に一日中入り浸っております。何でも月三度、七の日に盆というのですか、博奕場が開いているらしゅうございます」

「なるほど、分かりました。今日が五日……あと二日か……顔を出してみましょう。しかし、私は博奕場などとは今まで全く無縁で足を踏み入れたこともありません。そもそも、博奕そのものが何たるものか、まるで知りません。さて……どなたかに、きちんと指南頂かないと……あっ、そうか、こういう時こそ大家の五郎兵衛さんに相談してみるか……」

あの何でも知っている情報通の好々爺《こうこうや》、五郎兵衛の顔を思い浮かべた。

「ところで腕貸し料はいかほど御支払い致しましたら宜《よろ》しいので……」

「うむ、それは清太郎さんを取り戻し、改心させることができたら、という結果を見まして、請求させて頂きましょう」

清兵衛夫婦二人は、深く頭を下げ、

「有難うございます。些少《さしょう》ではございますが、これは手付金ということでお収めくださいまし」

と、懐紙《かいし》に包んだ金子《きんす》らしきものを畳の上に置いた。

「有難く頂戴します。博奕場へ出入りするからには、元手が要《い》ります。必ずやご満足頂けるよう引き受けました」

確証のない自信だったが、敬之助は請け合った。

〈大黒屋〉夫婦は何度も低頭して帰って行った。

敬之助はほぉ～と大きな溜息を一つ吐いた。

今まで何のしくじりも無く、お客からの苦情も無く、評判が上がっているのは確かだが、敬之助は一瞬、この商売が気に入りはじめた己を発見して愕然《がくぜん》とすることがあった。

暮れなずむ夕陽が裏庭の桔梗に射《さ》し、そこだけ浮き上がって見える。

気になっていた瓦版を懐から取り出し、夕陽に照らして読み出した。

今度は吉原《よしわら》帰りの大店《おおだな》の主人が撃たれていた。何と、胸の上に『徳川《とくがわ》へ遺恨《いこん》あり、覚えたか』の紙片が石ころを乗せて残されていたとか——。

敬之助はいても立ってもいられぬ焦燥《しょうそう》に駆られて、〈五郎兵衛店〉をあとにした。

下谷広小路《したやひろこうじ》から吾妻橋《あづまばし》を渡らず西詰を左に折れ、日本堤を四半刻（約三〇分）

吉原大門から衣紋坂《えもんざか》の先、見返り柳の根元で、昨夜四つ（午後十時）頃、屍《しかばね》が発見されたとか。吉原土手を三町ほど戻ると、自身番《じしんばん》があった。

敬之助が腰高障子を開けると、土間の囲炉裏《いろり》を挟んだ長床几《ながしょうぎ》に腰掛けて茶を吞《の》んでいた五十がらみの町役《まちやく》が二人いた。

「御免。私は、水川と申す者だが、ちとお尋ねしたい」

へえ、何でござんしょう、と皺の多い好々爺が立ち上がった。

「うむ、瓦版で読んだのだが、昨夜の短筒で撃たれて亡くなった人のことで少々お聞きしたいのだが……」

「ああ、〈讃岐屋《さぬきや》〉さんにゆかりのあるお方で？」

（犠牲者は〈讃岐屋〉というのか……）とぼけた顔をして相槌《あいづち》を打った。

「ええ、まぁ……見返り柳の下で撃ち殺されていたとか」

お喋《しゃべ》りが好きそうな町役は、身を乗り出して早口に話し始めた。

「あたしが見付けたんでやすがね、見事に心の臓を撃ち抜かれて仰向けに息絶えておりやした。その胸の上に石ころで押さえられて、紙がね……」

「読みました。徳川に遺恨あり、覚えたか、と」

「そ、そう、今流行《はや》りの辻撃ちじゃござんせんかねぇ、それであたしはね……」

その時、からっと戸が開いて二人の男が入ってきた。もう一人の町役が立ち上がって小腰を屈めて挨拶した。

「こりゃ木島《きじま》の旦那《だんな》と三ノ輪の親分、お役目ご苦労様でございます」

黄八丈《きはちじょう》の着流しに黒紋付の巻き羽織、云わずと知れた八丁堀同心《はっちょうぼりどうしん》だ。

髭の剃り跡が青い、好男子と云っていい同心が、敬之助を胡散臭《うさんくさ》げに視て、声を掛けた。

「それがしは、南町奉行所定廻《じょうまわ》り同心、木島新八郎《しんぱちろう》と申す。失礼だがお前さん、何用でここにいなさる？」

「私は水川敬之助と申す貧乏旗本の冷や飯食いでしたが、只今は浪人……実は〈讃岐屋〉さんと少しばかり縁がありまして」

すかさず眼付きの鋭い三十過ぎと見える岡っ引きが割って入って、帯から十手を引き抜いて詰問《きつもん》してきた。

「あっしは三ノ輪の辰蔵って、木島の旦那から十手をお預かりしてる御用聞きでござんすがね、お侍《さむれ》ぇさん、何を知りたくてこの番所へ顔をお出しなすった？お住まいはどちらで？」

「私は神田鍛冶町の〈五郎兵衛店〉に住まっておりますが、〈讃岐屋〉さんからご依頼を頂いたことがありまして……。この一件いささか解《げ》せぬことが多いので、役人ではございませぬが調べております」

「ふぅん、米問屋〈讃岐屋〉からの頼まれ事とねぇ……」

「恥ずかしながら私は、〈萬、腕貸し業〉なる内職をしております。本日はこれにてご無礼致します」

敬之助の胸の裡《うち》には、さまざまな疑惑が渦巻《うずま》いていた。

（紙切れに記された文句は何を意味するのか？　どんな遺恨なのか？　復讐か？）

解けぬ謎であった。徳川家を名指しての遺恨。これは挑戦状と云っていいだろう。

江戸市中の万民にこれを知らしめて、恐怖感を煽《あお》ろうとする悪意を感じる。自分は悪者を取り締まる奉行所役人ではないが、三つ葉葵《あおい》の御紋が刻印された弾丸を使っての犯行を、黙って見過ごすことは出来ない。

敬之助は、喉に小骨が引っ掛かっているような気色悪さを感じていた。何とか、この短筒事件の解決を手助け出来ないかと思い悩んでいた。

もう提灯《ちょうちん》の灯りがあちこちに点《つ》いて、一見平穏そうな町並みが続いている。

両国橋を川風に吹かれながら渡り、思案深げに懐手で歩く敬之助の後ろを、三ノ輪の辰蔵の巧《たく》みな尾行が続いていた。

敷居を跨《また》いで出る敬之助の背に、木島新八郎が目配《めくば》せをしていた。へぇ、と頷いた辰蔵が、獲物を追う猫のような身のこなしで、するりと自身番を抜け出たのだ。

敬之助は全く気付かなかった――。

五

塚本道場の指南を終えた午過《ひるす》ぎ、替えのおしめも少なくなってきたし、己のふんどしも洗ってしまおうと、井戸端に長屋のおかみさん連中がいない時刻を見計らって、敬之助はおすみに借りた負ぶい紐で仙太郎を背負い、洗濯を始めた。仙太郎は、ゆさゆさ揺られて気持ち良いのか、あばあば、うぷ～と機嫌良さそうにはしゃいでいる。

おかみさんたちが集まってくる夕刻前に片付けてしまおうと、ごしごし擦《こす》り洗っていると、頭上から呆《あき》れたような声が聞こえた。

「あら嫌だよぅ、先生。お侍さまが似合いませんよ。さぁあたしが洗ってあげましょ、さ、退《ど》いて退いて」

遠慮のない声で隣へしゃがみ込んで洗い物を奪いとったのは、おすみだった。

内心では、(助かったぁ)と思ったが、

「いやいや、おすみさん、乳をもらうだけでなく、何から何までお世話になって、洗濯までとは相すみません」

「何を云ってるんですよぅ。こういうことは女のあたしに任せて！ だいいち、若いイイ男の先生なんぞが、赤ん坊負ぶって洗濯する姿なんてみっともないでしょ。うちの宿六《やどろく》だったらお似合いですけどね」

「申し訳ありません。では、お願い致します」

濡れた手を拭きながらほっとして立ち上がったが、ふんどしまで洗わせてしまうことが気になった。

「あっ、その中には私の下帯も混ざっておりますので、それだけは手前が……」

「何を云ってるんですよォ先生。洗濯なんて、どれもこれも一緒。さぁ、あっちへ行って、行って」

すみません、と云って冷や汗を拭いながら、その場を離れた。

敬之助は、六つ半（午後七時）頃、五郎兵衛宅を訪ねた。裏店から、数十歩、表通りに面した角に仕舞屋《しもたや》がある。

格子戸を開け、玄関口に立ち、訪《おとな》いを入れた。

「五郎兵衛さん、ご在宅ですか。水川ですが……」

すぐに腰高障子が開いて、お熊婆《ばあ》さんのびっくり顔が覗いた。

「まぁ、先生。こんな時刻にどうなさいました？　うちのはもう一杯始めてますが、ちょうどいい。先生もご一緒にいかがですか」

「いやいや、それでは申し訳ない。明日出直して参りましょう」

と引き返そうと背を向けるのを、お熊が袖《そで》を摑み、奥の間へ声を張った。

「お前さん、水川先生がいらっしゃったよ。早く顔を出しておくれ」

「はいはい、どうなされました？　こんな時分に……」

ちょっと顔を朱《しゅ》に染めて、五郎兵衛の福々しい布袋《ほてい》様を思わせる顔が覗いた。

「あ、五郎兵衛さん、いい機嫌のところに申し訳ありません。昨日、私の手に負えないような難しい相談事が持ち込まれましてね、これは大家さんに助けてもらわねばと伺った次第で」

「それはそれは。さぁ、お上がりなさい。ご一緒に一杯如何ですかな？　あたしも一人で呑むより気分が良いというもので……」

「五郎兵衛さん、私が口をしめらす程度の酒で、すぐ顔が真っ赤になってしまうことをご存じでしょうが」

「おぅおぅ、そうでしたなぁ、勿体《もったい》ない。まぁまぁ、とにかくお上がりなさい」

「ささ、先生。どうぞどうぞ」

嬉しそうなお熊にも背を押されて、居間へ通された。

お熊の趣味か、こまごました飾りのある部屋で、柱には短冊《たんざく》が下がっているし、茶簞笥《ちゃだんす》の上には三つも四つも人形が置いてある。長押《なげし》には大きな縁起熊手《えんぎくまで》が掛けてあった。多分、浅草鷲《おおとり》神社のお酉《とり》様の土産だろう。

「実は、日本橋小松町で両替商を営む〈大黒屋〉清兵衛さんという方がご相談に参られまして……」

総領息子の博奕狂い、このままでは身代も失くしてしまうような有り様だと、かいつまんで聞かせた。私は全く博奕なぞ分からぬので、と困惑の表情で云った。

聞くうちに五郎兵衛の顔が、嬉しそうにほころんで、我が意を得たりと身を乗り出して云った。

「それならばホレ、一度、日本橋音羽町の小料理〈ふじ志麻〉へ、ご一緒したことがありましたなぁ。覚えておいでで？」

「はぁ、女将がお志麻さんとかいう色っぽい女性で……」

「そう、それじゃそれじゃ。実はあそこの板前の伊佐治《いさじ》と申す者が、元、博奕打ちでしてなぁ。もう足は洗って真面目に働いておりますが、あの者なら、博奕のことなら一から十まで教えてくれますよ。ささ、参りましょう参りましょう」

お熊の手前、外へ出掛けられるちょうど良い口実が出来たので、五郎兵衛は嬉しさを隠そうともせず、おい婆さんや、では先生と行ってくるぞ、と大威張りで家を出る。敬之助は恐縮しきりの態《てい》だった。

「申し訳ありません、お熊さん。早く帰ってきますので」

「まぁまぁいいやね、大っぴらに羽を伸ばしておいでな。その代わりお前さん、先生に変な虫が付かないように番しとくんだよ。ハイ、行ってらっしゃい」

太っ腹のお熊の声に送られて、温かい提灯の灯が手招きしているような日本橋音羽町を目指してまっしぐらだ。

まだ時刻も早いせいか、人の流れは多かった。

藤色の暖簾を撥ねると、途端に女将の志麻の色っぽい声が迎えた。

「まぁ、旦那ぁ、いらっしゃいまし。お見限りでしたねぇ。ささ、どうぞ、お上がりくださいませぇ」

調理場から、目敏《めざと》く見付けた志麻が、飯台に座る客をかき分けて、泳ぐように出てきた。男をぞくっとさせる艶《あで》やかな流し目、ふくよかな形の良い唇をした、小股の切れ上がった細腰の女将だ。敬之助が今まで付き合ったことのない部類の女子だった。

女性にはおくての敬之助にも、その位の品定めは出来る。

敬之助のモテ様を見て、五郎兵衛がムッとふくれて、わしが連れてきてやったのに、と隣でぶつぶつ呟《つぶや》いていた。

女将に手を取られるように、二階の座敷に案内された。

すぐに板前の伊佐治が襷《たすき》を外しながら、廊下に腰を下ろして挨拶をした。元博奕打ちだったそうだが、三十歳を幾らか回り苦み走った顔の眼付きの鋭い男だった。

「旦那、五郎兵衛さん、いらっしゃいやし。今日は旨《うめ》ぇ鰹《かつお》が入《へえ》っておりやす」

「そうかい、初鰹は女房を質に入れてでも喰えと云われるくらいだ。有難いねえ。もっともうちの婆さんじゃ質草《しちぐさ》にもならんか」

五郎兵衛が、大口開いて高笑いした。

「へぇ、では早速……」

立ち上って廊下を去ろうとする伊佐治の背に、すかさず五郎兵衛が声を掛けた。

「ああ、伊佐治さんや、今夜は、この水川先生がお前さんにちょいと訊きたいことがあって来たんだよ。あとで手が空《す》いたら、顔を出しておくれ」

「へい、承知しやした」

小気味よく返事をして、さっと調理場へ姿を消した。

「先生、何なのさぁ、うちの板さんに……」

もうほんのりと頬を染めた志麻が、しなだれ掛かるように敬之助の肩に身を寄せてから、ぽんぽんと手を二度打って、お千代ちゃん、お銚子二本急いでおくれ、と小女《こおんな》に云い付けた。は〜い、只今ぁ、とおうむ返しに応える声が聞こえた。

「いや、今日は遊びではないのです。伊佐治どのにどうしても教えてもらわねばならぬ難問があって来たのだ」

しゃっちょこ張った風に、硬直して喋る敬之助を見て、志麻が楽しげに笑って云った。

「先生は初心《うぶ》だねえ」

傍から五郎兵衛が助け舟を出した。

「これッ、これ女将、先生に手を出すんじゃない！」

女将の志麻はほかの客を放ったらかしで、べったりと敬之助に付きっきりだ。

「水川の旦那ァ、お久しぶりですねえ。さぁ一杯」

盃《さかずき》を無理やり持たされ、とくとくと注がれた。江戸っ子は冬でも夏でも、酒は燗《かん》酒で呑むのが普通だ。さぁ、ぐっと一杯、と盃の底を押された。

「女将、私が不調法《ぶちょうほう》なのはご存じだろう。ほんの嗜《たしな》む程度なのだ」

「でも、口くらい付けてくださいなぁ。ハイ、返杯を」

ちょっと口を付けただけの盃を色っぽい流し目で奪って、白い喉を仰向けてクイッと一気に呑み干してしまった。

ちょうどその時、開け放した障子から、伊佐治が足付き膳を持ってきた。

「旦那、お待たせ致しやした。脂《あぶら》ののった鰹ですぜ。へい、どうぞ」

「伊佐治どの、ちょっとおぬしに訊きたいことがあってな」

「へえ、何でござんしょう、あっしなんぞに……」

捻《ね》じり鉢巻きと襷《たすき》を外して、廊下に畏《かしこ》まった。

「伊佐治さんや、そこじゃなんだ、こっちへ入っておくれ」

五郎兵衛が勧めるので、へい、何でござんしょう、と小腰を屈めて、障子際に端座した。きびきびとした伊佐治の動きには無駄がない。

「伊佐さん、先生のお頼みだ。しっかり聞くんだよ」

傍らの志麻の言葉に、へい、と表情を引き締め、敬之助にひたと眼を向けた。

「実は今度賭場へ顔を出さねばならなくなった。私は今まで一度もその博奕場とやらに足を踏み入れたことがない。どうすればよいのか皆目分からんのだ。聞けば伊佐治殿は、元博奕打ちだったとか……ついては、博奕場の仕来《しきた》りとか、金の賭け方とか色々教えてもらいたいのだが」

「へえ、お安い御用で。お恥ずかしゅうございますが、昔取った杵柄《きねづか》とか申しやす。まだ腕は錆《さ》びついちゃおりやせん。で、あっしはどうすりゃ宜しいんで？」

「うむ、毎月七の日ということは明後日、合引橋を渡ってすぐの旗本、有馬兵庫頭の中間部屋で盆と申すものが、開かれるらしい。女将、すまぬが伊佐治どのの手を借りてもよいかな？」

「旦那、何をおっしゃいます。伊佐さん、あたしからも頼むよ。旦那の力になってやっておくれ」

へえ、分かりやした、と伊佐治は立ち上がって廊下に消えた。

すぐさま志麻がしなだれかかるように膝を寄せ、

「さ、もう一杯」

と酌《しやく》をする。この灘《なだ》酒は樽廻船《たるかいせん》で送ってくる逸品《いつぴん》だと嬉しそうに講釈した。鰹の刺身は旨かった。生姜《しようが》醤油に青紫蘇《あおじそ》をからませて、久しぶりに舌鼓《したつづみ》を打った。

勘定は五郎兵衛がわしが払うと譲《ゆず》らなかった。千鳥足《ちどりあし》の五郎兵衛を担ぐように家に送って、長屋へ戻った時には九つ（午前零時）を回っていた。

第三章　商売繁盛《はんじょう》

一

翌《あく》る晩、五つ（午後八時）過ぎ、敬之助宅の障子戸《しょうじど》が、人の耳を忍ぶようにこつこつと叩《たた》かれた。

傍《かたわ》らには、仙太郎がすやすやと静かな寝息を立てて眠っている。敬之助もこのところの寝不足がたたって、肘枕《ひじまくら》でうとうとしていた。

「御免ください、夜分《やぶん》恐れ入ります」

あたりをはばかる密《ひそ》やかな声に、はい、と応じて立ち上がり、障子戸を開けた。家の中の行灯《あんどん》の灯《あか》りを受けて、ぼぅと白い顔が浮かび上がった。

瓜実顔《うりざね》の美人と云《い》っていい、若い女だった。ただ、うつむいたその顔の片頬《ほお》が青く腫《は》れて、瞼《まぶた》も唇《くちびる》も膨《ふく》れている。殴《なぐ》られた痕《あと》に見えた。

「さぁ、お入りください。どうなされた？　さぁ、遠慮せず……」

うつむいて土間に足を踏み入れた女が、座敷に寝かされた仙太郎を見つけるやいなや、ああと溜息とも悲鳴ともつかぬ小さな叫び声を上げて、走り寄った。

「仙太郎、御免なさい、御免ねぇ」

と叫《さけ》んで抱き上げ、頬をすり寄せた。

途端《とたん》に、眠っていた仙太郎が、あ〜ん、と泣き出してしまった。

呆然《ぼうぜん》と佇《たたず》む敬之助に背を向けて、胸元をかき分け、乳を与え始めた。

そこでやっと気が付いたように、敬之助の方を向いた。

「申し訳ありません。突然、こんなことを押しつけまして……」

か細い震え声だった。歳の頃なら二十歳《はたち》前後、武家には見えない。町屋の若女房といった感じだ。

「いや、おとといの晩は正直びっくりしました。真夜中、家の前に赤ん坊が置き去りにされていたのですから」

「すみません。あの折、私は三軒先の家の陰から見ておりました。この方なら安心してお任せ出来ると……」

「いや、安心して任されても、私は本当に困りました。やや子の世話などしたこともなく、おしめを替えたことも、ましてや泣かれても乳も出ない」

思わず、愚痴《ぐち》というか、泣き言が口を衝《つ》いて出た。

「申し訳ありませんでした。戸の外で耳を澄ましていて、すぐにも仙太郎をこの手に抱きたかったのです。訳をお話し致します」

涙を拭《ぬぐ》いながら、ようやくお腹いっぱいになって大人《おとな》しくなった仙太郎を横に寝かせ、襟元《えり》をかき合わせてこちらに向き直った。

仙太郎は、あばあばとか、ぶぅぶぅとか声を立てて上機嫌の様子だ。

女が、敬之助を正面から見つめて、しっかりした声音《こわね》で喋《しゃべ》り始めた。母親としての芯《しん》の強さを感じる。

「私は、ふさと申します。一年ほど前まで牛込《うしごめ》御門外の旗本杉下《すぎした》右京之介《うきょうのすけ》様のお屋敷で、お台所の下働きをしておりました……」

「その杉下殿のお役職はどのような？」

「はい、小普請組組頭《こぶしんぐみくみがしら》とお聞きしております」

（およそ六、七百石といった禄高《ろくだか》か……）敬之助は胸算用《むなざんよう》した。

ふさの語るところによれば、杉下家は夫婦仲が悪く、揉《も》め事の絶えない家であったとか――。

ある時、普段より大きな諍《いさか》いとなり、癇癪《かんしやく》を起こした杉下の妻お政《まさ》が、実家へ帰ってしまった。

そのまま一か月も帰宅しなかったという。その間、杉下家で間違いが起こってしまった。下女のふさが、主人右京之介に犯《おか》された。夕餉《ゆうげ》の膳を運んだ時に、主人の手が伸び、ふさには抗《あらが》う力もなく、手籠《てご》めにされてしまったのだ。

一度だけのことであったが、ふさは身籠《みごも》ってしまった。

「待った。一度だけというが、その後は何も？」

ふさはしばらくうつむき、傍《そば》に眠る仙太郎のお腹を撫《な》でていたが口を開いた。

「旦那《だんな》様がお可哀《かわい》そうで……奥様にいじめられているような毎日を見ておりますと……」

「ふむ、同情していたというのだな。手籠めに遭《あ》っても、恨《うら》んだり、憎《にく》んだりする気持ちにはならなかった、と……」

やがてひと月後、実家から妻のお政が戻った。妻独特の勘《かん》で何かを感じたのか、そのとげとげしい眼に、ふさはだんだんといづらくなった。

そんな中またひと月後――ふさは、子が出来たことに気付いた。

気性激しく悋気《りんき》の強いお政に、杉下との子を身籠っているなどと知られたら、親子ともどもどんな仕打ちをされるか分からない。

腹が大きく目立たぬうちにと暇をもらい、ふさは姉が嫁《とつ》いでいる小網町《こあみちょう》の草履下駄《ぞうりげた》の鼻緒《はなお》商いの〈山城屋《やましろや》〉で下女として雇われた。

そこで仙太郎を産み落とし、数か月を平穏に過ごした。やはり実の姉妹の情で、子連れでもいいと姉の連れ合いにも云ってもらい、住み込みの女中として働いていたのだ。

そんな折、〈山城屋〉へ若い武士が訪ねてきた。山岸進次郎《やまぎししんじろう》と名乗った。

杉下の妻お政の実家、山岸家の二十歳になる末弟だという。

杉下右京之介とお政夫妻には子がなかった。お政は若い頃、一度死産を経験し、以来子の産めぬ身体《からだ》になってしまったとか――歳はまだ四十であったが、もう子供が生まれる見込みはない。ということは、後継ぎがいないということだ。

小普請組組頭の杉下右京之介にとって、御家存続のため、養子を定めることは急務であった。

右京之介は自分の姻戚《いんせき》から、養子をとろうとしたが、妻女のお政は譲《ゆず》らず、夫妻で激しく対立していた。夫を説き伏せ《と》、自分の縁筋からの養子縁組を画策《かくさく》し、弟を跡継ぎと決めてしまった。それが進次郎だった。

しかし、屋敷の中の誰かの口から、ふさと赤子のことが漏《も》れてしまったのだろう。たとえ正妻の腹でなくとも、当主に実の子がいるとなれば、養子話は一変する。進次郎の話はご破算《はさん》になりかねない。お政と山岸進次郎は血眼《ちまなこ》になって、ふさと赤子の行方を探し回り、遂に〈山城屋〉に親子で身を寄せていることを嗅《か》ぎつけて、進次郎が乗り込んで来たのだ。

進次郎は、仙太郎を寄こせと迫ったが、〈山城屋〉を挙げてふさ、仙太郎の身を守り、撥《は》ねのけた。

しかしこのままでは、いつか進次郎に襲われ、仙太郎を奪われるかも知れぬと、ふさの思いは沈んだ。以前耳にした揉め事を収めてくれるという腕貸しの噂《うわさ》を頼りに、あの晩、敬之助の家の前に赤ん坊を置き捨てた、といういきさつであった。

置き去りにした翌日、またもや進次郎が現れ、仙太郎がいないと知って、どこにやったと、ふさに暴力を振るい、折檻《せっかん》した結果が、頬の青あざ、唇、瞼の腫れであったのだ。

聞き終わった敬之助が唸《うな》った。

「何と卑怯《ひきよう》な。己が旗本家の跡継ぎになりたいがために、赤ん坊の命まで狙《ねら》い、居所を白状させるために、母親を痛めつけるとは……よし、私に任せてもらおう。で、話のつけようだが……」

敬之助は、じっとふさの顔を見た。

ふさは、項垂《うなだ》れていたが、そっと、乱れた髪の毛をかき上げた。

「この仙太郎を杉下の家の子として引き取らせ、継嗣《けいし》として家を継がせるというやり方もあります。それはどうかな？」

いえいえ、とふさは激しく首を振った。

「そんなことをしたら、この子が殺されてしまいます」

「うむ、その恐れは多分にある。ふさ殿が、杉下家の色々な事情に明るすぎるということか……では、親子ども二人の暮らしが立つようになれば良いですね」

「もうこちらは何も望みません。私たち親子が誰にも邪魔されずに生きていければそれで充分です。そのように話をつけて頂けませんか」

「分かった。明日にでも向こうの家を訪ねてみよう」

ふさは礼を云い、仙太郎とともに一緒に帰ろうとしたが、敬之助が止めた。

「まだ危険が去ったわけではない。明日にでも再び、山岸進次郎が探しに来るかも知れません。もう一日、明日の話し合いで解決するまで私が預かろう」

名残惜《なごりお》しげであったが、ふさはその言葉に納得したようだ。

後ろ髪を引かれながらも、敬之助に抱かれて見送る仙太郎をふり返りふり返りして、木戸口を潜《くぐ》って帰って行った。遠ざかる小さな肩が侘《わび》しげだった。

敬之助は、何としてもこの母子《おやこ》を幸せにしてやらねば、との決意を固めた。

二

翌日、夕遅く、牛込御門外の杉下家の表に敬之助は立った。禄七百石の旗本にしては、立派な門構えで、その潜り戸を叩いて、顔を出した小者《こもの》に来意を告げた。

先日、日本橋〈越後屋〉で誂《あつら》えた着物と袴、無紋ではあるが羽織も着ており、浪人と侮《あなど》られる着衣は避けた。人は外見で判断する者が多い、ということもこの半年で学んだ。

奥座敷に通され、ふさと置き去られた赤ん坊の一件の話を切り出すと、当主杉下右京之介は、黙って手文庫から切り餅《もち》二つを取り出して、敬之助の前に置いた。

台所の下女に手を付けるような殿様であるから、もっと下卑《げび》て脂《あぶら》ぎった男を想像していたが、案に相違して、好感の持てる風貌《ふうぼう》を備えていた。好男子と云っていい。ただ、仲の悪い妻女との確執《かくしつ》のためか、眉《まゆ》の間に縦皺《たてじわ》が深く、日頃の苦渋《くじゅう》が忍ばれた。

「ここに五十両ある。これを、ふさに渡してくだされ。これは些少《さしょう》だが、赤ん坊が世話になった礼。お納め願いたい」

別に、懐紙《かいし》に包んだ金子《きんす》五両ほども差し出した。杉下家の暮らしは、裕福《ゆうふく》なようだった。しかし敬之助は、赤ん坊の始末をつけるためにやって来たもので、腕を貸して儲《もう》けようなどとの魂胆《こんたん》はなかった。

「いやいや、このようなことは御無用に願います。頂く訳には参りませぬ」

当主右京之介は、ふさとのこともあっさりと認め、あたら若い女子に重荷を背負わせることになったと、率直な気持ちを告白したのも、敬之助の気持ちを和《やわ》らげた。

しらを切って逃げを打とうと卑怯な振る舞いに及んだら許さぬ、と意気込んで乗り込んだのだが、拍子抜けの態だった。

　右京之介は、今後、養子に迎えんとする山岸進次郎にも妻お政にも、これ以上の手出しは一切させないと約束した。

　敬之助は、己への謝礼だという金子の包みを押し戻しながら云った。

「これは辞退します。赤子をだしに謝礼を頂きに来たようで、落ち着きません」

「いや、それではこちらの気持ちが済まぬ。是非……」

　二人が押し問答をしていると、廊下に衣擦れの音と荒々しい足音が聞こえた。

　右京之介が目くばせをして顎をしゃくるので、敬之助は慌てて、目の前の金子を懐に捻じ込んだ。

　同時に障子が開いて、これが妻女お政であろう、色白の美貌だが痩せぎすで狐のように吊り上がった眼の女性と、後ろに癇が強そうな若い武士が続いて部屋に入ってきた。山岸進次郎だろう。

　二人が、敬之助に無遠慮な視線を送りながら、障子を背に膝をついた。

「もうお話は付きましたか?」

　ぞっとするような冷たい声音だった。

「何の話だ?」

「ふさのことですよ。そのぐらいのことが、分からないとお思いですか」

夫に対して、木で鼻をくくったような応対だった。

右京之介の眉尻がぴりりと震える。怒鳴《どな》りつけたいのを抑えた感じだ。

「それで？　どのように決着がついたのですか？」

当主を見下すような侮蔑《ぶべつ》した態度を、客の前でも隠さない。

「ふさは無論《むろん》のこと、子供も今後一切当家とは関わりないということで合意した。これで、そなたも満足であろう。進次郎も、以後あの親子に手出しすることは、固く禁じるぞ」

進次郎は返事をするでもなく、視線を伏せて硬い表情を崩さない。

「さぞ、お金を使われましたでしょうねぇ」

奥方は、敬之助の懐のあたりをじっと見た。右京之介はじろりと奥方を睨《にら》んで云った。

「そなたの指図《さしず》は受けぬ」

「よくそのようにご立派な口が利《き》けますね。ご自分の不始末を棚に上げて」

皮肉たっぷりの口調《くちょう》は、今度は敬之助に向けられた。

「この方、ご身分は存じ上げませんが、初めて会う見知らぬ人に大金を預けて、大事ございませぬのか？」

「黙れッ、他人のことを申す前に、己があの母子にしたことを考えてみることだ。進次郎ともども、まことに恥ずべきことをやってくれたものだ。このお方のことは斟酌《しんしゃく》無用……」

尚も云い募《つの》ろうとするのを、敬之助は慌《あわ》てて止めた。

「では、私はこれにて失礼致します。あとのことは委細《いさい》心配なく」

「あとのことというのは、どういうことですか？」

奥方が聞き咎《とが》めて詰め寄るのを、いやいや、もう心配は一切ないということです、などと適当に誤魔化《ごまか》して席を立った。

（いやはや、嫁をもらうときは、よっぽど気を付けねばならんな）

杉下の屋敷を出て神田川の川岸に向かいながら、敬之助は杉下の妻女に思いを馳《は》せた。額《ひたい》に青筋を立てて、人前で我が亭主を罵《ののし》るとは。悋気《りんき》に心奪われて、己を顧《かえり》みる余裕もない。

川岸に出た敬之助は、揚場町《あげばまち》の木戸を抜けて船河原橋《ふなかわらばし》の方へ歩いて行った。川岸にある辻番所の灯りが、微《かす》かに路上を照らしているだけで、人通りはもう絶えていた。

懐中の金子を、小網町の〈山城屋〉に身を寄せるふさに届けてやれば、一件落着だと思いつつ、橋を渡ろうとした。

と、橋を渡ったところに、黒い影が立っていた。夜盗《やとう》か、辻斬《つじぎ》りかと一瞬思ったが、そのまま歩き続けた。懐に持ち慣れない大金が入っているせいだろうと、己の小心に苦笑して橋の上を歩く。

ところが、その黒い影はいきなり抜刀して斬りつけてきた。

——まさか、先廻りしていたのか。

敬之助も慌てて、抜き合わせて、横に払った。殺意の籠《こ》もった鋭《するど》い斬り込みだった。すり抜けた黒い影は敬之助に向き直り八相《はっそう》に構えた。

無言だ。

「……山岸進次郎殿」

先ほどの座敷では、ひと言も口を利かず、蛇《へび》のような底光りする眼で、敬之助を睨んでいただけだったが——。

「姉から金を取り戻してこいと云いつけられてきたか?」

「違うッ」

吐き捨てて、ジリッ、ジリッと間合いを詰めてくる。何が何でも此方《こちら》の命を奪おうとの敵意が察せられる。

敬之助も正眼《せいがん》に構えた。

進次郎の八相からの右袈裟懸《けさが》けの刃風が襲った。

敬之助は、咄嗟《とっさ》に刀を峰に返して受け、右掌《てのひら》を添えて柄頭《つかがしら》で進次郎のこめかみを打った。

ウッと呻《うめ》いて、進次郎は刀を取り落とした。剣先を喉元《のど》に突きつけると、恐怖の眼を見開いてのけ反《ぞ》り、後ろに腰が砕《くだ》けた。

「何故《なぜ》、私の命を狙う」

進次郎の喰いしばった歯の隙間《すきま》から、悔しげな言葉が発せられた。

「この秘密を外に漏らされては困る。それに、杉下の家の血筋の種をほかに遺《のこ》しておくことはならんのだ」

「まだそんなことを云っておるのかっ」

敬之助は、進次郎の頰を拳《こぶし》で思い切り殴りつけた。

ガツッと小気味よい音が鳴った。

「ふさと仙太郎母子は、今後一切関わりないと約束したはず。ふたりに一切手を出すな。もしあの親子に万一のことがあったら……」

敬之助は右手に握った大刀の鎺《はばき》を、ゆっくりと進次郎の眼前に近付けた。

進次郎の眼が、畏《おそ》れを帯《お》びて見開かれ、視線が敬之助の顔に注がれた。

「目付《めつけ》を動かす。おぬしも杉下家の養子に収まり、大事な御家を継ぐつもりなら、心得ておけ。分かったかッ」

進次郎は海老《えび》のように身体を折って、丸まった。

立ち上がり、刀を鞘《さや》に収め、脇に転がっている進次郎の刀を手に取って川に捨てた。

（これでケリがついた）と清々《せいせい》した気分だった。一刻も早く、〈山城屋〉に行って、ふさに金を渡し、もう一度仙太郎のぷっくりした頬をつついてやりたかった。たった二日二晩だったが、敬之助は、仙太郎との暮らしが楽しかった。胸の裡《うち》は、仙太郎の愛らしい面影《おもかげ》に占《し》められ、もう少し面倒を見たいなどとの想いが湧いた。

己への謝礼金五両もふさに手渡そうと決めた。あとは母子二人の幸せを願うばかりだ。

敬之助の足取りは自然と軽くなった——。

三

翌る日の夕刻、七つ（午後四時）を回ったか——神田鍛治町〈五郎兵衛店〉の敬之助の住まいに、水野周防守の用人《ようにん》が慌てた様子で駆けつけてきた。

がたぴしと腰高障子を開けると、ちょうど夕餉の支度で勝手口に立っていたお熊を見つけ、うわずった声音で訊《たず》ねた。

「もし、お女中、水川殿はご在宅でしょうか」

その声に、六畳間に寝転がり煙草《たばこ》を喫していた敬之助が、灰吹きにぽんと煙管《きせる》を叩いてふり向くと、土間で木澤甚内が懐中から手拭いを取り出し、しきりに吹き出す汗を拭う顔があった。

「これは木澤殿、どうなされた？　慌てたご様子で……」

「水川殿、殿がお出掛けになる。急いでそれがしとともに同道願いたい」

「このお時刻に……承知しました。お熊さん、水野様のお呼び出しだ。飯はあとにして出掛けます」

お熊の手を借りて、先日〈越後屋〉で誂えた着物と袴、無紋の羽織に急いで着替えた。床の間の刀架《とうか》から、愛刀〈三日月宗近〉を帯に手挟《たばさ》み、土間に下りた。押し入れから脇差《わきざし》も取り出して、大小二刀を閂《かんぬき》差しにしている。

「先生、行ってらっしゃいませ」

障子戸まで見送りに出たお熊が、丁重《ていちょう》に頭を下げた。

水野邸はここ鍛冶町から四半刻（約三〇分）、神田川の和泉橋《いずみばし》を渡って、およそ北へ三町（約三二七メートル）、豪壮な大名屋敷が建ち並ぶ中にあった。

道々、用人木澤甚内がぼそぼそと御家の内情を語ったところによると――。

嫡子《ちゃくし》の晃之亮《こうのすけ》様が、暗愚《あんぐ》というか、いささか常軌《じょうき》を逸《いっ》した行動をとり、周防守はじめ家の者が皆、その扱いに心痛《しんつう》の極みであると、愚痴《ぐち》るように云った。

そうこうするうちに、大身旗本水野周防守五千石の格式高い表門の前に着いた。直立する門番の一方に甚内が問うた。

「どうじゃ、殿のご出立のご準備は整われたのか」

「はい、御駕籠揃《おかごぞろ》いは既に整いまして、あとは殿がお乗りになってご出発するばかりでございます」

「うむ。相分かった。水川殿、お聞きの通りです、では、よしなに……」

手入れの行き届いた前庭のおよそ十間（約十八メートル）ほど先、二間幅の玄関式台に今まさに当主水野周防守晃忠《あきただ》が姿を現した。

齢《よわい》五十を超えて幾つか、もう老齢の域に入ったと云っていいだろう。五千石を頂く領主としての、あたりを払う貫禄《かんろく》を備えている。

式台を降り、権門《けんもん》駕籠に乗り込む前に、用人木澤甚内が、傍に跪《ひざまず》き、敬之助をふり返り手招きした。

敬之助は近付き、片膝をついて云った。

「水川敬之助と申します」

頭上から温かみを帯びた声音が聞こえた。

「うむ。木澤より聞き及んでおる。造作《ぞうさ》を掛けるが、宜しゅう頼むぞ」

ふり仰《あお》げば、優しげな眼差《まなざ》しが見下ろし、ひとつ頷《うなず》いて駕籠に乗り込んだ。

七つ半（午後五時）、この夕暮れ刻《どき》に何処へ出掛けようというのか？

二十数名の供揃いの駕籠行列が静々《しずしず》と進み出した。敬之助はお駕籠の右脇にぴたりと張り付き、四囲《しい》に油断のない目配りを送った。

季節は神無月《かんなづき》（十月）に入って、朝夕の冷気はきつく、木々の葉も赤に黄に色づき始めた。道端の金木犀《きんもくせい》の花の香りがかぐわしい。日暮れは早くなったが、まだ夕陽は西の山に沈んではいない。

神田川の和泉橋を渡って左へ折れてすぐだった。

武家屋敷の続く小路を行列が行く。

突如――。

三人の黒頭巾《ずきん》の浪人態《てい》の侍《さむらい》が、抜刀《ばっとう》しながら襲い掛かってきた。

すぐさま敬之助は、鯉口《こいぐち》を切って駆け寄り、立ち塞《ふさ》がった。

「邪魔だて致すなッ！」

怒声《どせい》とともに一人が抜きざま、右袈裟で斬り込んできた。

敬之助は前方から斬り込む敵に対して機先を制して、大きく跳躍して抜きつけ、横薙《な》ぎの一閃！　刃は峰に返している。

敵のこめかみを打つと、刺客は刀を落とし倒れ込んだ。

すかさず右手に握《にぎ》った刀身を垂直に構え、後ろ足を引き付けた。

間《ま》を置くことなく斬り込む敵を、諸手《もろて》上段にふり被りながら、右足を大きく踏み込み、峰打ちの刀を打ち下ろした。

真っ向から打ち据えられて、わぁっと絶叫して天を仰いでのけ反った。

これぞ、香取神道流、立ち合い抜刀術、行合右千鳥之太刀《いきあいみぎちどりのたち》！

一人残った黒頭巾が、ザザッと飛び退《すさ》った。

黒頭巾で覆われた隙間から覗く眼は、恐怖に見開かれていた。

敬之助がずいっと詰め寄ったその時、背後の御駕籠近くで絶命の叫びを聞いた。

ふり返れば、駕籠脇の警護の侍の一人が、虚空を摑《つか》んでのけ反るところ――。

新たな黒頭巾が二人いた。今や周防守の乗る駕籠に迫る勢いだ。

(しまった。敵は二手に分かれて襲ってきたか)

牽制《けんせい》と陽動のための前からの襲撃だったか、と思い至り、敬之助はおよそ六間(約十一メートル)を一気に駆け戻った。

今まさに一人の賊が、駕籠の窓から剣先を突き込む。

飛鳥《ひちょう》の如《ごと》く跳んだ敬之助の刀の峰が、敵の刃を弾《はじ》き飛ばした。

返す刀を車に回して、敵の左肩口から袈裟掛けにふり下ろした。

おそらく鎖骨《さこつ》は折れたろう。敵はどどっと前のめりに駕籠にぶつかって頽《くずお》れた。

残ったもう一人はギョッとして、敬之助に眼を遣り、物も云わず逃走した。その後ろを前方にいた残りの一人が追い掛け、逃げ去った。

あっと云う間の出来事であった。敬之助は、五人の襲撃者のうち三人を瞬《また》く間に、命を奪うことなく峰打ちで倒したのだ。

駕籠脇の家臣団が右往左往《うおうさおう》して斬《き》られた同輩一人の介抱《かいほう》にかかり、用人木澤甚内が敬之助の元へと駆け寄って礼を云った。

「水川殿、おかげを持ちまして殿のお命が救われました。お頼みした警護役がすぐに図に当たろうとは、思いもよりませなんだ。有難うございまする。ほっと致しました」

その頃には駕籠の反対側から下りた周防守が蒼白《そうはく》な顔を覗かせ、周囲を見回している。倒れた賊の黒頭巾を剝《は》ぎ、その面貌《めんぼう》を確かめた家臣が周防守の前に跪いた。

「殿、三人とも見たことのない浪人風情の賊でございました」

「うぅむ。皆、雇われ刺客ということか……」

甚内が唸った。その頃には近くの自身番《じしんばん》から町役《まちやく》と番太《ばんた》が駆けつけ、

「すぐにも北町からお役人が駆けつけまする」

と報告するのを、甚内が指揮した。

「我らは、大番頭《おおばんがしら》水野周防守様の御駕籠である。御老中のお呼び出しでお役目を果たさんがため、行列は先へ参るが、吟味《ぎんみ》致したくばいつでも屋敷をお訪ねく

だされ」

　行列はまた、静々と進み出した。

　敬之助が甚内に肩を並べて歩きながら訊ねた。

「見知らぬ顔のようですが、本日のこの外出を知る者はどなたか、何人おられるのか？　三度目の襲撃となれば、内通者がいるものと思われますが、私には御家の内情は皆目《かいもく》分かりません。周防守様を暗殺して、利を得る者は誰か、得する者を割り出せば刺客の背後にいる黒幕があぶり出せるはずです。お心当たりはありませぬか？」

「お家の恥を晒すようで、気が引けるのでござるが、これを聞いて頂かねば、水川殿にもお力をお貸し頂けぬとの思いから、お話し申し上げる。御嫡子の晃之亮様はまだ十六歳になられたばかりの頃から、隙を狙っては奥女中たちを追い回し、布団部屋や納戸に押し込め、姦淫《かんいん》に及び、酒を喰らっては刀をふり回し、手の施《ほどこ》しようがございません。若い女中はいつかず、邸の中は荒れ放題……家臣一同ほとほと弱っております」

　絞り出すように語る甚内の眼には涙が滲《にじ》み、表情には苦渋の色が濃く浮かんで、内心の葛藤《かっとう》がありありと見えた。

「八年前、殿がお梅《うめ》と申す奥女中に御手を付け、そのお梅がすぐに懐妊し、御子がお生まれになった。その助次郎《すけじろう》様が幼少よりとにかく利発《りはつ》で、嫡男晃之亮様の影が薄くなり、御次男助次郎様を継嗣にとの声が大きくなりつつあります。御正室お峰《みね》の方様のご不興《ふきょう》を買い、今や家督《かとく》を巡って晃之亮様派、助次郎様派と家中真っ二つとなって喧々囂々《けんけんごうごう》、御家騒動の火種が広がりつつあり……。御公儀《ごこうぎ》に知られれば、御家廃絶の因《もと》になるやも知れず。このところの殿襲撃の謎はそのあたりにあるやもと……」

「そういうご事情での襲撃事件ですか……しかし、周防守様を亡き者にしていずれが得となるのでしょう、嫡男晃之亮様方か、次男助次郎様方か……」

「人の心の揺れと申しますか、動きは、己にとってどちらが得か不利益か天秤《てんびん》に掛けて、忖度《そんたく》するものでございましょうなぁ」

「晃之亮様をお諌《いさ》めして、嫡男に相応《ふさわ》しい振る舞いをさせるようお導きするのか、次男助次郎様を立てて御継嗣に相応しく教育致すのが宜しいのか……。木澤殿はどう考えておいでなのかな。いずれの側に肩入れなさっておられるのですか？」

「はて、板挟みの心境でございますなぁ。幼少の頃より、お二人のご成長をつぶさに見守って参りましたから。……水川殿のご指摘通り、家中の者を探索致そう。されど、そのような役目を十分に果たせる者などおらぬからのう。思案のしどころじゃ」

木澤甚内が気遣わし気に眉宇《びう》をしかめ、視線を遠く暮れゆく空の彼方に送っていた。

確かにこれは、内部の者でなければ詮議《せんぎ》出来ぬ事案だ。

敬之助は今日のように呼び出しの声がかかればすぐさま駆けつけ、刺客を排除するために、剣の腕をふるうという立場に身を置けばよいのだ。

真剣を使っての初めての立ち回りであったが、いざ敵と向かい合った時には思ったより心の臓も高鳴らなかった。

（これならばこの用心棒役も大過《たいか》なく務められそうだ）と安心した。

四

長屋に戻ったのは、陽もとっぷりと暮れた五つ（午後八時）を回っていた。

お熊は既にいなかった。先ほど、途中で止めた夕飯の食べ残しが布巾《ふきん》を掛けられ、そのままに残されていた。腹もぐぅ～と鳴った。

ちょうどその時、表で、御免くださいませ、いらっしゃいますか、と若やいだ娘の密やかな声がした。

「はい、どなたですか？」

すぐに障子戸が開き、小雪が大きな皿を抱えて、敷居を跨《また》いで入ってきた。

「敬之助様、また、棒手振《ぼてふ》りの安蔵さんが、生きのいい鯛《たい》の差し入れを、先生にって」

突如、小雪の顔色が変わった。

「敬之助様、袂《たもと》が……袂が切れております……」

見れば、羽織の左袖が斬られ、垂れ下がっていた。

「大丈夫、傷は受けておりません」

「まぁ、用心棒稼業の一日目から斬り合いですか？　刺客の襲撃が遭ったということですね」

水野周防守の用心棒の仕事は、何時《いつ》迎えがあるかも知れない。塚本道場へは迷惑を掛けてはならないので知らせてはあったが、そうと知った小雪が驚愕の眼《まなこ》を見開いて、心配そうに敬之助を見つめた。

思わず苦笑しながら、

「二十両に見合う仕事ともなれば、このくらいの危険に遭って当然でしょう」

「お引き受けにならなければよかったのかも……早速羽織も新調せねばなりませんねぇ。とりあえず、繕《つくろ》いましょう、針と糸はございますか？」

不安げな小雪を励《はげ》ますように敬之助が促した。

「まずは、安蔵さんの差し入れの鯛を頂きます」

「私がお刺身にして、あとは塩焼きに致しましょう」

と、小雪が両袂を帯に挟んで、台所に立った。

敬之助としては、（困ったことになった。こんな夜に若い女性が我が家で包丁を使って勝手仕事とは……）と慌てて、声を掛けた。

「ああ小雪殿、放っておいてください。そのくらい私一人で……」

「いいえ、お勝手仕事や繕い事など、殿方がしてはなりませぬ。私にお任せください。敬之助さまはゆっくりしてらして」

小雪の心からの労《いたわ》りが分かるので、敬之助には邪険《じやけん》に扱うことが出来なかった。

翌日、塚本道場の剣術指南《しなん》を終えて、九つ半（午後一時）、独り、冷や飯に茶を掛けて、昨夜の残り物の鯛の塩焼きをおかずに昼飯をかきこんでいると、障子戸越しに、御免くだされ、というしわがれた声と、先生はご在宅ですか、と若い女子の声が聞こえた。

（あの声は左衛門殿と、娘御の小雪殿）と思い当たり、慌てて食べ終わった飯碗や皿を片付けて、障子戸を開けた。

そこには、塚本左衛門が紋付《もんつき》袴の正装に威儀を正し、小雪までもが初めて見るあでやかな振袖《ふりそで》姿で立っていた。

左衛門は杖《つえ》を突いていたが胸を張り、小雪は何やら風呂敷に包んだものを両腕に抱えている。敬之助の胸が何故かどきりと鳴った。

「これはお揃いで、いかがなされました？　本日の稽古《けいこ》は無事終わりましたよ」

「はいっ、それはもう何の問題もなく。有難いことでございます。本日は、折り入ってお願い致したき儀がございまして、娘共々参上致しました」

「それはまた……こんなところで立ち話もなんですから、どうぞ、お上がりください。さぁ、どうぞどうぞ」

「では、ご無礼仕《つかまつ》りまして」

畏《かしこ》まって座敷に上がる二人を見送って、ふと表に目を遣ると、早くも裏店《うらだな》のおかみさん連中が井戸端に溜まって、興味津々で顔を寄せて囁《ささや》き合い、此方を注視している。噂話が飯より好きな長屋雀《すずめ》がさえずるのは止めようがない。

六畳と三畳のふた間しかないが、裏庭に面した部屋に二人を通し、敬之助が向き合って端座《たんざ》すると、二人はぎくしゃくと硬い表情で平伏した。

「どうなされました？　どのような御用で本日は……」

左衛門が、軽いしわぶき一つして、口ごもりながら話し始めた。

「実は水川殿、私どもの道場の剣術指南をお願い致して早半年、その間、門人たちも水川殿のご指南を喜び、入門希望者が増える一方です。ご指南の腕の方はもちろん、そのお人柄と優しいお心遣いには、それがしも感服《かんぷく》しておりました。いつもお傍でご指導ぶりを拝見している我が娘小雪に、このお方の妻になれたら、と以前からせがまれておりまして……。昨夜は、お勝手仕事をご自分でなさり、斬られた袂を繕うこともままならぬご様子を拝見し、ご不便でしょうと心を痛めたようで、それがしにやはり是非にも一緒に、と。というわけで本日、勇をふるって罷《まか》り越《こ》した次第で……」

左衛門はここまで一気に喋《しゃべ》ると、懐から手拭いを取り出し、あたふたと汗を拭った。

傍らに座る小雪に目を遣ると、穴があったら入りたい、といった風情で、いつも背筋を張った凛《りん》とした清々《すがすが》しさは見られず、初々《ういうい》しい小娘そのものだ。

敬之助はただ、うぅむ、と唸るのみ——。

そんな敬之助を、小雪は潤《うる》んだような熱い瞳で見つめた。

「敬之助様、いつまでもお待ち申し上げます。どうぞ、少しでもお情けがございましたら、この小雪を妻に迎えてくださいませ。父の前でお約束致します。どんな苦労も厭《いと》いません」

「小雪殿、お待ちを。私にとってこのように有難いお申し出は、身に余る光栄と申しますか……いや、何ともはや……」

と、しどろもどろに、この日は無理にもお引き取り願った。

敬之助にとっても初めての経験で、どう対処したらよいのか、全く手も足も出なかったのだ。

「御免くださりませ。夜分申し訳ございません。〈大黒屋〉清兵衛でございます」

お熊が、はい、と返事して掃除の手を休めて土間に下り、腰高障子を開けた。

そこには、蒼ざめて息を弾ませた〈大黒屋〉主人清兵衛が立っていた。

敬之助の顔を見つけるやいなや、土間の上がり框《がまち》に両手をついて、急《せ》き込んで訴えた。

「先生、たった今息子の清太郎が金を無心に参りまして、突っぱねましたが、拳《げん》固《こ》で殴られ、無理矢理持っていかれてしまいました」

「そうですか。いかほどの金子を？」

「は、はい。三十両ほど……」

殴られた頬を擦り、身をすくめて応《こた》える清兵衛を見遣りながら、甘やかせて育てたこの父親の躾《しつけ》を想った。

「うむ。今日がお約束の七日……賭場は有馬兵庫頭屋敷の中間《ちゆうげん》部屋でしたな。参りましょう。清兵衛さん、清太郎さんの顔の特徴などは？」

「はい、右頬に大豆ほどの痣《あざ》がございます」

「分かりました。それでは、これからすぐに日本橋音羽町の小料理屋〈ふじ志麻〉へ行き、板前の伊佐治と申す者に、このことを報《しら》せてくれませんか？　私は先に向かうと伝えてください」

「は、はい、分かりました。では早速。何卒よろしくお願い申し上げます」

あたふたと去る清兵衛を見送って、敬之助は居間へ戻り茶簞笥《ちゃだんす》の引き出しから金子二両を取り出し、懐に捻じ込んだ。先日、清兵衛から受け取った手付金だ。

お熊が心配そうに提灯に灯を入れて手渡してくれた。

いやはや腕貸し業は大繁盛だ。

外は上弦の半月の明かりが薄ぼんやりと道を照らしている。時折吹くひんやりした秋風が着流しの袂と裾《すそ》を揺らす。これならばお気楽な部屋住みか素浪人そのものだろう。また、そう見えねばならぬ。

直参《じきさん》旗本三千石、有馬兵庫頭の中間部屋は、合引橋を渡ってすぐの武家屋敷裏にあった。さすがに大身《たいしん》旗本の屋敷だけに格式高い門構え。両開き大門の脇に潜り戸がある。

敬之助は賭場に出入りするなど初めての経験で、勝手が分からない。が、中に入らねば話にならぬと、潜り戸を叩いた。

微《かす》かな軋《きし》み音とともに、三寸ほど開いた隙間から片目が覗いた。

「どちら様で？　初めてでございますね」

「うむ、天神の喜三郎親分にお誘いを受けましてな」

〈大黒屋〉清兵衛から聞いた名前が、すっと出た。

「ああ、さいですかい。へぇへぇ、どうぞ、お入りなすって」

まじないの言葉を聞いたが如く、開かれた潜り戸を入って、さ、こちらで、と門番が指し示す右手の中間部屋へと向かい、腰高障子を開けた。式台前の三和土《たたき》に履き物が脱ぎ揃えられていた。中間一人が片膝をついて両手を差し出した。

「お侍様、お腰の差し料をお預けくださいまし」

「うむ」

確かに博奕場などという場所は、負けが込んだ客が頭に血が上って、刃傷沙汰《にんじようざた》が起こりやすいだろう。敬之助は素直に大刀をその男に預けた。

急に腰が軽くなって落ち着かない気分になった。

(私は骨の髄《ずい》まで武士なのだなぁ)と実感し、腰に収まるべきものが収まっていないと、こんな風が吹き抜けるような気分かと思い知った。

揺れ動く人影が映る障子の中から、何やら押し殺した声がする。糸を張ったような緊張が伝わってくる。

「さぁ、丁ないか丁ないか……はい、どっちも。駒揃いました、盆中手止《ぼんちゆうてど》まり。勝負!」

ちょいとお待ちなすってと小声で案内の中間に止められ、廊下で待たされた。

「四ゾロの丁ッ」

ざわざわと溜息と安堵の声が入り混じって、場の空気が緩《ゆる》んだ。

「さ、旦那、お待たせしやした。どうぞお入りなすって」

障子を開くと、煙草の煙と、百目蠟燭《ひやくめろうそく》の燻《くすぶ》る油煙と、人いきれの澱《よど》んだ空気が一度に流れ出てきた。

敬之助は生まれて初めて博奕場というところに足を踏み入れた。

半裸で晒《さらし》を腹に巻いた男が二人、その両脇に札を集める棒を持った男が二人、それを十四、五人の客が取り囲んでいる。

上座を見れば、ははぁ、これが天神の喜三郎だな、とひと目で分かる強面《こわもて》の大男が、煙管からもくもくと煙を吐きながら賭場を睥睨《へいげい》している。その悪相がジロッと入ってきた敬之助の姿を捉《とら》えた。訝《いぶか》しげに視《み》て、隣の小頭《こがしら》らしい子分に、誰でえ？　と訊《き》いている。

敬之助は懐から一両小判を取り出して云った。

「私はこういう博奕場は初めてなのだが、少し遊ばせてもらえるかな？」

「へぇへぇ、どうぞごゆっくりと。遊び方はご存知で？」

ねっちりとからみつくような口調と嫌らしい視線が、敬之助の上から下まで値踏みをするように睨《ね》めまわした。

「見よう見真似でやってみるさ」

小頭らしいのが金箱から札を十六枚重ねて寄越した。

一両だから、一枚一朱の値ということか――。

周りを見渡すと、あれが清太郎だろう、聞いた通り、右頰に大豆ほどの痣――色白の若旦那風の男が駒札を握り締め、眼を血走らせている。

その右隣の隙間に、すまん、と強引に座り込んだ。胡散臭《うさんくさ》げに隣の渡世人《とせいにん》らしいのがひと睨みしてきた。

その清太郎らしき男も怪訝《けげん》そうな顔つきで敬之助に目を向けたが、すぐ唇を嚙《か》みしめて壺に意識を向け、「丁ッ」と駒札を縦に十枚ほど叩きつけるように置いた。

敬之助も見倣《みなら》って「丁」と二枚の駒札を賭けた。

――外れたらしい。五二《ぐに》の半、二個の数を足して七。奇数だった。

清太郎が罵《ののし》り声を上げて、引き寄せられかっ攫《さら》われていく駒札を見送った。敬之助も同様に、賭けた二枚の駒札が消えた。

その後も負け続け、清太郎の顔つきが蒼く変わって、逆に心中はますます熱くなっているのが手に取るように察せられた。

敬之助も同じ目を張り続けたので、同じ有り様だった。

と、その時――。

「若旦那、今夜はツイてませんなぁ。駒を回しましょうか？」

と眉から耳にかけて刀傷のある、三十過ぎと見えるやくざ者が、清太郎に囁いた。既にその両手には一杯の駒札を抱えていた。

「う、うん。頼む」

清太郎は枚数を数えもせずに受け取り、その半分を盆に押し出して叫んだ。

「丁ッ、丁だ！　今度こそ丁だ、頼むぞッ」

敬之助も真似て、馴《な》れ馴れしくそのやくざ者に頼んだ。

「すまん。こちらにも、札を回してくれぬか？」

「馬鹿云っちゃいけやせん、お侍《さむれ》ぇさん。初めてのお客さんにお貸しするような、そんな甘っちょろい賭場ではござんせん」

「それもそうだ。では、これだけ換えてくれ」

澄ました顔をして残った一両の小判を差し出した。あっという間に大枚《たいまい》一両をすってしまったということだ。博奕というものの怖さを知った。

長火鉢の前でこそこそと耳打ちされた天神の喜三郎の眼が、敬之助を怪訝そうに視て、小頭に一両分の駒札を換えさせている。

その時だ。耳元で、旦那、遅くなりやした、と囁き声が聞こえた。元博奕打ち伊佐治の到着だ。

「おっ、伊佐治どの。すまぬ、負け続けなんだ。助けてくれませんか」

へえ、と云って敬之助の背中側に張りつくように蹲《うずくま》った。

「旦那、張るのはちょいとお待ちを」

と云って、しばらく盆茣蓙《ござ》の動きを視ていたようだが、やがて、

「旦那、丁に賭けてみておくんなさい」

と耳元で囁かれた。その通りにする。

壺が開けられ——丁だった。

盆に壺が伏せられるたびに、丁、半、と耳元で伊佐次が囁く。

ここに至り敬之助も気付いた。すべて清太郎の逆目だった。清太郎が丁なら半、半なら丁と——。

敬之助の膝元の駒札が見る間に増えて高く積まれていく。その分、清太郎の駒札はどんどん減り、借り札だけが増えて、何度駒札が積み換えられたろうか

――。

これでは幾らあっても限りがない、〈大黒屋〉の身代《しんだい》など、あっという間に奪い取られてしまうだろう。

敬之助は思った。……これは清太郎一人を破産させるために、いかさまが仕組まれているのではないか。

丁半博奕など、今日が初めてで、伊佐治という元博奕打ちの玄人《くろうと》の云うがままに打ち、勝つには勝っている。何やら分からぬ仕掛けがサイコロの目になされているのではないか？　そう勘繰《かんぐ》らざるを得なかった。

また、貸し駒札を抱えてきた刀傷のやくざ者を制して、敬之助が囁いた。

「清太郎さん、少し手を休めて私の話を訊いてくれませんか」

「何故あたしの名前を知っている？　あんたは誰だ」

先ほどから、自分の反対の目にばかり賭けて、札をうず高く積み上げた敬之助に嫉妬と反感を抱いていたのだろう、嚙みつくように云った。

貸し札を運んで来た刀傷の男も、嫌味たっぷりに口添えしてきた。

「ご浪人さん、余計なお節介《せっかい》は無しにしやしょう。野暮《やぼ》中の野暮ですぜ。さ、若旦那。大船に乗った気で……さぁ、どうぞ」

この間に伊佐治が、旦那、元手は二両でしたね？　替えてきやしょう、と、さっさとその分の駒札を抱えて帳場へ去った。

「いや、私は御父上の〈大黒屋〉さんの頼みで、今宵あなたを助けに来たんだ。あなた、今夜の借りがどれほどになっているかご存知かな？」

静かな口調であったが、有無を云わさぬ強さがあった。清太郎の顔色が変わって敬之助を見つめた。

「よくは分からぬが、そのサイコロには何か仕掛けがあるようだ」

聞き咎《とが》めた刀傷の男が、やはりからんできた。

「何を！　テメエ、うちの賭場にケチをつけに来やがったのか！　ちょいと面《つら》ぁ貸してもらおうか」

云うやいなや、抱えた駒札を放り出して敬之助の襟元を摑んだ。

敬之助は黙って、襟を握ったそいつの手首を握って、外側へ逆に捻《ひね》った。

力比べだ。敬之助は関節の急所を摑んでいる。

男は、歯を喰いしばって耐えていたが、我慢出来ず、

「アイテテテ」

と、女のように甲高《かんだか》い声を出して、敬之助を摑んだ手を離した。

敬之助が掴んだ手首を右にふり飛ばした。堪《たま》らず男が頭からごろんと一回転して転がった。

盆茣蓙を囲んだ客たちが息を呑《の》んで一斉に立ち上がった。

正面の壺振りら賭場側の四人も血相《けっそう》を変えて立ち上がった。

その中にはいつの間にやら匕首《あいくち》を握る奴が二人いた。刃物持ち込み禁止のこの場において、何処に隠していたのか。

換金を済ませ戻ってきた伊佐治が、清太郎を抱えてすっと離れたのが感じられた。

天神の喜三郎ものっそりと立ち上がってうそぶいた。

「おう、お侍ぇ！　妙ないいちゃもんつけやがると、五体満足にここを出てはいけねえぜ。いいのかい？」

「いや、私の方こそ訊きたい。怪我《けが》をしても、治療代は出せんぞ。良いのかな？」

途端——。

「やっちめえッ！」と荒々しい吼《ほ》え声が響いて、正面の男が匕首を腰だめに構えて突き掛かってきた。

（下手したら大怪我をする……）

少年の頃から習い覚えた体術で、自然と躰《からだ》が反応した。

敬之助は片膝を立てて避け、手刀を見舞った。

パシッと小気味よい音がして匕首が素っ飛んだ。

すかさず立ち上がって相手の首に腕を回しグイッと捻って、腰車に載せて跳ね飛ばした。

男は鶏《にわとり》が絞《し》められるような奇声を発して、盆畳の上に大の字になって伸びた。

清太郎を気にすると、伊佐次が背中から清太郎を抱き留めている。こういう修羅場に慣れていそうな伊佐治に任せておけば大丈夫。清太郎の身は安全だろう。

その分、正面の敵だけに集中出来る。

――降りかかる火の粉は払わねばならぬ。

壺振りや子分二、三人が続けざまに飛び掛かってきた。

敬之助が間髪《かんはつ》入れず足蹴り、掌底《しょうてい》突きを炸裂《さくれつ》させた。顎を砕かれ、鼻骨がめり込んだ子分の一人が倒れ込む。

一瞬、博奕場には、敬之助に打たれた者たちの呻き声のみが響いた。

客を含め天神一家も、敬之助の荒業《あらわざ》に息を呑んでいる。

「親分、この清太郎さんには一体幾らの借金があるんだ？　教えてくれ」

息も切らさず静かな口調で、敬之助が喜三郎に訊ねた。

「ふん、あの店そっくり頂いても、釣り銭の一文も出ねえだろうぜ」

今の言葉を聞いたかというように清太郎をふり返った。清太郎が眼を見開いて愕然《がくぜん》としているのが分かった。

大身旗本有馬兵庫頭の屋敷、中間部屋を借りての博奕場なので、皆声を殺して痛がっている。大声の喊声《かんせい》や喚《わめ》き声は漏れ聞こえてはならないのだろう。

天神の喜三郎も敬之助の早業に、度肝《どぎも》を抜かれて呆然《ぼうぜん》と佇立《ちょりつ》したままだ。敬之助が静かに云った。

「親分、改めてご挨拶《あいさつ》に伺うつもりだが、今夜は清太郎さんを連れて大人《おとな》しく帰らせてくれ。いいかな。これ以上の怪我人を出したくはないのだ」

「ううむ。お前《めえ》さん、名は何と云う？」

喜三郎が喰い縛った歯の隙間から唸るように云った。

「水川敬之助だ。では、帰るぞ」

正々堂々と名乗った。

「このままで済むと思うなよ」

「私もこのままで済ますつもりはない。では、帰らせてもらう」

すっかり落ち込んだ清太郎の腕を摑んで、伊佐治とともに博奕場をあとにした。

下足番が恐る恐る差し料を差し出した。〈三日月宗近〉が腰に収まり、ようやく敬之助は落ち着いた気分に戻った。

道々、清太郎に訊き質《ただ》した。

「清太郎さん、今夜の借金が幾らになっているかご存知ですか？」

「いいえ、勘定したことも……頼まなくとも幾らでも出てくるので……」

「お父上が心配するわけだ。〈大黒屋〉の身代そっくり奪《と》られて無くなり、あなたが継ぐ頃には尚、借金のみ残るという事態になりますよ」

「…………」

伊佐治が袂から小判二枚を、旦那こいつは元手の二両です、と差し出し、続いてサイコロを二個取り出して掌で転がせて見せた。

清太郎がギョッとして伊佐治を見て云った。

「いつの間に……あんた、誰だ」

「清太郎さん、あんたを泥沼から救うために駆けつけた正義の味方だよ」

敬之助が、伊佐治という元玄人の博奕打ちだ、と教えてやった。

「旦那が奴らを叩き伏せてる最中に、盆の上に転がってるサイコロ二つ、かすめ取ってきやした。これを調べればいかさまの証拠になるかもしれません」

「伊佐治どの、今日は助かった。その証《あかし》を持って天神一家に話をつけられればよいが……」

清太郎は青菜に塩状態で、すっかり打ちのめされて萎《しお》れていた。

五

翌朝、敬之助は六つ半（午前七時）には、塚本道場に顔を出し、まだ誰もいない道場に立った。最近、抜刀しての斬り合いや博奕場でのやくざ者相手の乱闘が続いているので、躰を慣らすためひとり稽古をしていた。

するとそこに、早朝にもかかわらず、大家の五郎兵衛が一人の年寄りを伴ってやってきた。五郎兵衛はあたりの情報通、便利屋ということで名が通っているようで、昨夜のうちに、小物細工物を扱う職人を当たってくれていたのだ。

五郎兵衛が男を誘って道場へ上がり込んで来た。

「水川様、お早うございます。早朝から熱心なことで……早速ですが、昨夜お頼み頂いた件でございます。細工物道具づくりの名人と云われております、浅草蔵《くら》前《まえ》にお住まいの仲蔵《なかぞう》さんをお連れしました」

五郎兵衛が、背後に隠れるようにいた仲蔵をふり返った。

髪に白いものが多く、皺の深い齢六十を過ぎて見える小男が、ぺこりと一つお辞儀《じぎ》をして進み出た。

「朝早くからすみません。これなんだが……」

と敬之助が、懐中より手拭いの間に挟んだ、例のサイコロ二個を取り出して手渡した。

仲蔵は受け取り、掌の上で転がしていたが、ひと目見るなり、

「旦那、こいつぁ三点物と呼ばれるいかさま賽《さい》です。博奕打ちが堅気《かたぎ》の客から巻き上げる時に使う、精巧《せいこう》なもんでさぁ。二、四、六の丁目か、一、三、五の半目か、いずれかを、続けて七度以上出せる仕掛けがしてあるんです。仲間内じゃあ曲賽振《きよくさいぶ》りと云っておりやすがねぇ」

「ひと目で見抜くとは……なるほど、出目《でめ》の癖を知っていれば、客の賭け金を巻

き上げるなんてことは、赤子の手を捻るよりも容易《たやす》いなぁ。……鉛《なまり》か何かが仕込んであるんですか」

「へえ、二つに割りゃ、すぐに分かりまさぁ」

「有難うございます。助かりました。礼金はいかほどですかな？」

仲蔵は手をふって、

「いえいえ、とんでもねえ、お役に立ててようござんした」

と、また五郎兵衛の後ろに引っ込んだ。

「五郎兵衛さん、有難う。助かりましたよ」

礼を云って頭を下げると、五郎兵衛は満面に笑みを浮かべ、

「いやぁ、先生のお役に立てて良かった、良かった。さぁ、仲蔵さん、参りましょうか。朝早くからすまなかったねえ」

と労《ねぎら》いながら去っていった。

いかさまの証拠を手に入れたのだ。これで今日にでも、天神一家に乗り込み、不正を暴いて清太郎を窮地から救い出してやれるかも知れない。

まだ陽も高い八つ刻（午後二時）、敬之助は、浅草田原町《たわらまち》の天神の喜三郎一家

の暖簾《のれん》を潜った。案内の伊佐治に付き添ってもらっている。

またその後ろには、〈大黒屋〉の道楽息子の清太郎がおずおずと付いてきている。

「御免。喜三郎親分はご在宅ですかな」

訪《おとな》いを入れると、先日有馬兵庫頭の中間部屋で見た、刀傷のある剣呑《けんのん》な面相の男が、おっ、おめえは！　と驚いた顔をして、奥へ駆け込んだ。しばらく、待たされた。

その間、土間に佇む三人を、一癖も二癖もありそうな悪相の子分たちが胡散臭げに見て、顔を寄せて何か囁き合っている。何人かが、足や首に包帯を巻いたり、腕を吊って痛々しい。博奕場での敬之助との乱闘の名残《なごり》だろう。

やがて――。

「親分が奥の座敷までご案内するようにとのことで。こちらへお上がりなすって」

さっきの刀傷の男の案内で、何度か廊下を曲がって、奥へ入る。長火鉢の前に胡坐《あぐら》をかいて、喜三郎が不機嫌そうに煙草を吸っていた。

入ると、じろりと大きな目玉を剝《む》いて、三人を睨めまわした。

頭上の神棚の、折り畳んだ奉書を載せた三方《さんぽう》の上には、これ見よがしに十手《じって》が置かれて、二足草鞋《わらじ》の稼業をひけらかしている。

敬之助が、ゆっくりと真ん前の座布団に腰を下ろした。両脇に伊佐治と清太郎が座を占めた。敬之助が口火を切った。

「親分、過日の賭場以来だが、今日は、そなたのあくどいやり口を証明するために、騙された本人同伴で来た」

「誰か、お客さんに茶の一杯も持ってこねえかい！　お～いッ」

苛《いら》ついた顔が歪《ゆが》んで、表口へ怒鳴った。遠くで、へ～い只今と声が返ってきた。

喜三郎の相貌がニタリと崩れて、迎え撃《う》つ構えで訊ねてきた。

「へぇ～、可笑《おか》しなことをおっしゃる。あっしどもが、こちらの若旦那を騙したと云われるんで？　何を証拠に？」

敬之助が、待ってましたとばかりに後ろの伊佐治をふり返って云った。

「親分、こちらは、ひと頃丁半の伊佐治の二つ名で売った玄人だ。先日の賭場では私の背に張り付いて、一から十まで見物してもらった。私とこちらの子分衆との乱闘の間に、壺から転げ出た賽を取ってつぶさに調べた結果がこれだ。伊佐治どの、見せてやってくれぬか」

頷いてひと膝進めて、伊佐治は懐から例の賽を取り出し、掌で転がしたあと、一の目を表面に出して静かに訊いた。その一の目には、七福神の天神さまの顔が見事に彫り込んであった。

「この刻印は、天神の親分さんの印でござんすよね？」

敬之助は、修羅場を踏んだ伊佐治の凄《すご》みを感じた。

喜三郎が思わず、うぅんと応じた。

「いいですかい、見てておくんなさい」

そう云うと伊佐治は、口に放り込んで、奥歯でカリッと噛み砕いた。

ペッと掌に吐いた二つに割れたサイコロの内部に、ねずみ色の小さな鉛の塊が仕込んであるのが見て取れた。

今度は喜三郎がギリッと奥歯を噛みしめ、軋る音が聞こえた。

図星を突いたのだ。喜三郎が、顔を背けてふんと鼻を鳴らした。

「親分。間違いなくそのサイコロは、おぬしの賭場で使う賽だと認めたな！　何でも、曲賽振りと云って、丁目、半目が七度以上続けて出せるとか。清太郎さんのような素人は、赤子の手を捻るより容易く騙せただろう。で、清太郎さんへの貸した金は今までどれほどになっているのだ？」

「さあ、……ざっと三千両を越してやすかねぇ」

ええっ、と息を呑んで強張《こわば》る清太郎の気配を背後に察した。

「ま、まさか、そんな大金を借りた覚えはあたしには……」

「だから、あっしが一枚一枚証文を書く時に念を押したでやんしょう？　坊ちゃん、手慰《てなぐさ》みはもういい加減にしたらと……」

猫撫で声で喜三郎がうそぶいた。

「借用証文は確かにあるのか？」

「おうさ。たっぷりとありやすぜぇ。そのお坊っちゃんの手で認《したた》めた確かな証がねぇ」

「いや、先日私が立ち会った賭場では、一度も本人が書いたのを見た覚えはない。手元に駒札が無くなれば、次から次と頼みもせぬのに、強引に押し売りならぬ、押し貸しの態だった」

「エッヘッヘッへ、お侍ぇさん、みんなが熱くなってる鉄火場《てっかば》ですぜ。いちいち手を止めてそんな手間暇掛けておれやせんや」

「なるほど、ではその三千両に及ぶ借り証文を、たった今目の前に積んでみせてくれぬか」

「そんな無理をおっしゃっちゃあいけやせん。大事に蔵の中に仕舞ってありまさぁ」

「無理にも見せてもらうぞ。さもなくば……お恐れながらと、お上《かみ》に訴え出るまでだ。見ればお上より、十手もお預かりしているようだ。即座にそれもお取り上げになり、御法度《ごはっと》の博奕開帳の罪で手が後ろへ回るのではないかな」

睨みつけた途端に、喜三郎は座布団から滑り降りて、這いつくばった。

「だ、旦那ァ、脅《おど》かしっこなしにしやしょうや！　お～い誰かぁ、玄次《げんじ》」

障子の陰で様子を窺《うかが》っていたのだろう、玄次というらしい刀傷の男が、すぐに、へい、親分と廊下に跪いた。

「おぅ玄次。蔵ン中から若旦那の貸し証文をお持ちしろい」

へいと応じて、玄次が去ったあと、敬之助がさりげなく神棚に飾られた十手を指差して云った。

「親分。その十手は南北どちらの奉行所からお預かりしているのかな？」

「さあ、どちらでしたっけねえ……」

喜三郎は、上目遣《うわめづか》いの渋い顔を歪めて、顎をぼりぼりとかいていた。

玄次が戻ってきて、へい親分、と膝を突いて、紙縒《こよ》り紐で閉じた借用証文らしき分厚い冊子を差し出した。

乱暴にひったくった喜十郎は、ぱらぱらと捲《めく》り、素直に渡そうとしない。

「さぁ、見せてもらおう」

差し出した敬之助の手に、渋々と借用証文の束を載せた。後ろから清太郎が膝立ちして覗き込んだ。見易いようにゆっくりと一枚一枚繰《く》っていった。

そこには、多いもので百両、あとは何十両と書かれていた。敬之助が興味深そうに云った。

「これが借用証書というものか、初めて見た……」

「ああ、こ、こんなものは書いた覚えは全くありません。それに、爪印まで……あたしの筆かどうか試してみてくださいませんか」

後ろから覗き込んでいた清太郎が、声を震わせて抗議した。

「親分、どうだろう。すでにいかさま賽で客から賭け金を巻き上げているのは明白だ。この辺で手打ちにせぬか？　清太郎さんには、今後一切関わりを持たぬこと。騙した三千両に及ぶ証文は返却し、焼き捨てても構わぬな。約束出来るか、喜三郎親分」

敬之助の厳しい口調と眼差しに恐れ入ったらしい。喜三郎が、へへぇ、と平伏した。今後も、他の誰かを獲物にしていかさまを続けるだろうということは予想出来た。だが、とりあえず、敬之助に持ち込まれた頼みは解決できた。

忸怩《じくじ》たる思いは残るが、己は悪事を取り締まる奉行所でも役人でもなし、この辺で良しとするしかない。


奥まった居室の床の間を背に上座に座らされ、その前に〈大黒屋〉夫婦、清兵衛とお登勢、息子の清太郎が畳に頭をつけた。

「水川様。私どもの頼みを、こうも短い間に解決してくださり、本当に有難うございました。毎日毎夜悩まされました頭の中の黒雲がきれいさっぱり拭い去られて、天にも昇る心地でございます。愚息《ぐそく》清太郎もようやく目が覚めたようで、今度こそ心を入れ替えて家業に身を入れてくれるそうです。何とお礼を申し上げたらよいのやら……」

夫妻ともども涙ぐみながら感謝の言葉を述べた。

「それで、御礼はいかほど……」

「うむ、三両ほどでいかがかな？　手強い相手であったから……高いかな？」

「な、何をおっしゃいます。聞けば、身代を失うほどの三千両以上を騙されたのです。お高いなどと……これでいかがでございましょう」

既に用意されていたらしい金包みを袂から出し、畳の上を滑らせた。

「うむ、すまぬ。遠慮なく頂こう」

懐紙に包まれたこの重み、厚さは五両はあるな、と踏んだ。もう既に、その厚み重さで、金の多寡《たか》が分かるようになっていた。世事《せじ》にひとつ長《た》けてきたということか、つい苦笑の思いで頬が歪んだ。

……この中から一両はいかさま賽を見抜いた伊佐治に分け与えようと計算した。それと、細工師の仲蔵にも手間を掛けたからな、と胸算用をした。

手間賃と交換に、今後〈大黒屋〉には一切関わりませんという喜三郎と交わした約定書を渡した。

夫婦は顔を寄せてそれを読んで、手を取り合い、涙を流して喜んだ。

そして一緒に、偽借用書の束も、これは焼いてくださいと口を添えた。

夫婦揃って何度も何度も辞儀して、今宵は一席設けましょう、と誘ってきたが、断って席を立った。

良いことをして、これ程喜ばれて、萬、腕貸し業も捨てたものではないという達成感で、ほぉと大きな溜息が腹の底から出た。

このところ、葵紋の短筒《たんづつ》辻撃ち事件は、鳴りを潜めていた。瓦版屋《かわらばん》も、暇を持て余しているのであろう。

江戸庶民にとっては、ほっと心休まる日々が続いている。

敬之助はこの安穏が続くことを望んでいたが、いつまた、辻撃ちが牙を剝き出して平穏を破り、町衆を恐怖のどん底に落とし込むのかと、心安らかざる思いを拭い去ることは出来なかった。

第四章　御家騒動

一

数日後、塚本道場の剣術指南《しなん》を終え、〈五郎兵衛店〉の木戸を入った敬之助は、いつもと違う雰囲気《ふんいき》に眉《まゆ》をひそめた。

一番奥、右側六軒目の、屋台を担《かつ》いで夜泣き蕎麦《そば》を売る喜八爺《きはちじい》さんの住居の前に、長屋中の人間が集まって騒いでいる。

近付くと、口々に、あ、先生お帰りなさい、旦那《だんな》大変なことが起こりやしたぜ、などと小鳥がさえずるように一斉に告げるのだ。

開け放たれた障子戸の前には、六尺棒《ろくしやくぼう》を手に奉行所から出張った番太《ばんた》が二人、物々しく張り番に立っている。

長屋の連中の後ろから覗《のぞ》くと、奥の布団に白布で顔を覆われ寝かされた喜八爺さんの亡骸《なきがら》が目に入った。

与力《よりき》、同心《どうしん》の役人二人が、畏《かしこ》まって座る大家《おおや》の五郎兵衛を囲んで、何やら詰問《きつもん》している気配だ。この役人が出張っての物々しい様子は、ただの自然死ではない、何か事件が起こったのだ……。ふと、短筒辻撃《たんづつつじう》ち事件が脳裏をかすめたが、まさか同じ長屋の住人が、と打ち消した。

七十に近い喜八爺さんの作る夜泣き蕎麦は旨《うま》かった。世間話をしながらたびたび爺さんの蕎麦を食べたものだ。女房や子はなく独り暮らしの爺さんはあまり身の上話はしなかったが、何故《なぜ》か馬が合った。

野次馬の後ろから首を伸ばして見ていたが、あとで手を合わせにこようとその場を離れた。

もうすっかり、この長屋暮らしに馴染《なじ》んだ自分を感じる。何の違和感も覚えない。買い置きが切れれば、米や味噌《みそ》を何のわだかまりもなく貸してくれ、また借りにくる――ここにはお互いを思い遣る、人情の厚さにほだされる日常があった。そんな中に身を置く己が嬉しかった。

その時、御免という声がして、ひと目で八丁堀同心《どうしん》と知れる、巻き羽織の同心が一人と岡っ引きらしいのが一人、土間に入ってきた。暗い室内からは、逆光となって、その面貌《めんぼう》は分からなかった。やがて眼が慣れて、先日、吉原土手の辻撃ち事件の折、自身番《じしんばん》で顔を合わせた南町の定廻《じょうまわ》り同心、木島新八郎と岡っ引きの三ノ輪の辰蔵と知れた。

上がり框《がまち》まで立って出迎えた。

「お役目ご苦労様です。先日以来ですね。このようにむさ苦しい私の家などへ何用ですか。お座りください」

と框へ座布団を敷くのを、同心木島は遠慮もせずにどっかと座って云《い》った。

「突然の訪《おとな》いで、申し訳ない。先日、この辰蔵にあんたのあとを尾《つ》けさせて、この裏店《うらだな》に住んでいるのは先刻承知だった」

歳の頃なら二十七、八、今日も髭《ひげ》の剃《そ》り跡青く、苦み走った同心が歯切れよく口を切った。後ろをふり返って促すと、三十を幾らか超えたか、これも精悍《せいかん》な辰蔵が、腰を折って挨拶《あいさつ》した。

「旦那、先夜吉原の自身番で旦那にお聞きした米問屋〈讃岐屋〉さんは、旦那に探索してくれとか、頼んじゃいねえらしいんでござんすねぇ。調べさせて頂きやした」

「いや、すまん。あれはあそこで聞いただけの名前だったのだ。私は表の看板通り、しがない腕貸し稼業を営《いとな》んでおるが、少しばかり瓦版《かわらばん》の内容が気になりましてな……何やら本日は騒がしい様子ですが、何か大事が起こりましたか？」

「おぅ、それだ。すぐにこの裏店だけでなく、あたり一帯に噂《うわさ》が飛ぶだろうから、隠し立てはしない。二つ先のお隣の二八蕎麦の屋台を担ぐ喜八、ご存知かな」

「無論。日頃から、よく顔を合わせ、旨い蕎麦を食べさせてもらっていました」

「ゆんべ、鎌倉河岸《かまくらがし》の川っ端で殺《や》られちまった……それも刀じゃねえ、短筒で撃《う》たれてねぇ。吉原堤と同じだ」

「まさか……葵《あおい》の御紋の短筒では……」

絶句した敬之助を見て、木島新八郎が我が意を得たり、といった調子で合わせてきた。

「いやぁ、あんたもそう思うか。その上、こいつぁ大きな声じゃ云えねぇんだが……撃ち殺された爺さんの胸に、これ見よがしに、『見たか！　葵の紋が撃ったぞ』との紙切れが置かれていた……」

「葵の紋が撃った……」

敬之助も思わず唸《うな》り声を漏《も》らした。

「そうだ。金創医《きんそうい》が亡骸の傷から取り出した弾丸には、葵の御紋が刻《きざ》まれていたんだ。それだけじゃねえ。続けざまに夜回りの火の番も殺《や》られちまった。誰彼構わず、血も涙もねえやり方だなぁ」

「やはりその火の番を撃った短筒の弾丸にも、葵の御紋が……」

敬之助の脳裏にぼんやりと浮かび上がるものがあった。

（確か、十年ほど前……）

「そうなんだ。その置き紙を大勢の人の眼に触れさせようとの悪意を感ずるなあ。葵の紋に、徳川の名を出すとか、わざわざ死体に置くなど、あからさまな御《ご》公儀《こうぎ》に対する挑戦と見ていいだろう。この眼で確かに俺も見たんだ。おぬし、何か……知らぬだろうなぁ……」

「さぁ、さっぱり心当たりはありませぬが……」

「そうだろう。いや、お邪魔した。ところでおぬしはいずれの藩の御出自《ごしゅつじ》であられるのかな？　名前は確か……水川敬之助殿とか……」

「ええ、三代に亘《わた》っての浪々の身ですよ」

「ふむ……この看板を見る限り、剣の腕前はかなり達者《たっしゃ》とお見受けしたが、何流を修練なされたのかな？」

「天真正伝香取神道流をいささか。いや、お恥ずかしい限りで」

「おぅ、香取神道流と云えば、常陸、水戸でござるか？」

「いやはや、お恥ずかしい、今は世を忍ぶ姿でござれば、何卒……」

「いやいや、深くは問うまい……ご無礼致した。辰蔵、行くぜ」

威勢よく出て行こうとしたが、ふいとふり向いてちょっと得意げに云った。

「おっと、因《ちな》みに、俺は蜊河岸《あさりがし》の鏡新明智流《きょうしんめいちりゅう》、士学館《しがくかん》門下で目録《もくろく》を頂いてお
る。そのうち一手、お手合わせ頂きたいものですなぁ」

「いやいや、とてもそれがしなどは……お役目ご苦労でした」

同心木島新八郎は意気揚々と胸張って出ていったが、三ノ輪の辰蔵は、胡散臭《うさんくさ》
そうにもう一度室内を睨《ね》め回し、敬之助を一瞥《いちべつ》して出た。

さりげなく同心と岡っ引きを送り出したが、妙な胸騒ぎがした。

その時――花火が弾けるように、頭の中で閃《ひらめ》いたものがあった。

敬之助は、久しぶりに小石川《こいしかわ》にある実家の門前に立った。敷地十万一千坪を超
える、ひと際大きな屋敷だった。家を出たときは清々《せいせい》とした気分だったが、今こ

うして久方ぶりに訪れてみると、やはり懐《なつ》かしさが勝《まさ》った。

平助《へいすけ》、ひさしぶりだな、と門番に声を掛けると、ひどく驚いた表情で、

「あっ、これは若様、お戻りなされませ。只今すぐに、お殿様に訪いをお伝え致します。暫時《ざんじ》お待ちくだされ」

と慌《あわ》てふためいて、門内へ駆け込んだ。

（そんなに大仰《おおぎよう》な）と思わぬでもなかったが、他家を訪れたような敷居の高さを感じるのも否めなかった。

敬之助が他人行儀《たにんぎようぎ》に玄関式台で待っていると、ひょっこりと用人《ようにん》の奥田武太夫が出てきて、若様、何を遠慮しておられますか、と家の中に招《しよう》じてくれた。

無沙汰《ぶさた》の挨拶を述《の》べながら、武太夫は抜かりなく敬之助の身形《みなり》を確かめているようだ。外に出て独り暮らしをしているのは先刻承知だが、尾羽《おは》打ち枯らして金をせびりに来られては敵《かな》わないと思っている様子が、ありありと見て取れる。

敬之助は、主《あるじ》の部屋へと案内する少し猫背気味の武太夫に云ってやった。

「爺や、今日は見せてもらいたいものがあって来たのだ。お前が気に病《や》むような用向きではないから安心しろ」

前を歩いていた武太夫が一瞬、つまずいてつんのめりそうになったが立ち直っ

て云った。

「はい、いえ、そのようなことはこれっぽっちも……」

兄の斉脩《なりのぶ》は、自分の書院で何やら書類を繰《く》っていたが、敬之助を迎えるやいなや、わざとらしく渋面《じゅうめん》を作って云った。

「うむ、敬三郎《けいざぶろう》、久しぶりだのぅ。息災《そくさい》であったか？　今日は突然、何用で参った。まさか金の無心ではなかろうな」

敬三郎というのは、元服《げんぷく》後の名。敬之助は世を忍ぶ偽り《いつわ》の名なのだ。

——そう、この水戸藩江戸屋敷こそが、敬之助の生家だった。

敬之助は思わず、後ろに控える武太夫をふり返って云った。

「私を見れば、思うところは皆一つかなぁ。云った通りだろう？」

武太夫は畏まった様子で頭を下げて云った。

「ご賢察《けんさつ》恐れ入ります」

「うむ？　何を申しておる武太夫。敬三郎、わしにも分かるように申さぬか。どうした？」

「金の無心など一切心配ご無用です。我が身ひとつの暮らしなど、何とでもなります。早速ですが兄上。本日伺いましたのは、父上が存命の頃、私が十四、五でしたか——藩の鉄砲方小坂玄朴《こさかげんぼく》が、三年の月日をかけて将軍家献上のため、葵の御紋入りの短筒を一挺《ちょう》拵《こしら》えましたな。覚えておられるかどうか……確か弾にも同じように御紋が入っておりました。私は武具に興味がありましたから、父上に頼んで試し撃ちをさせて頂きました。記憶はありませぬか」

「うむ、そのようなこともあった……父上が喜ばれていたなぁ」

「私は、この手でその短筒を握《にぎ》り、撃ったので、はっきりと覚えています」

「うむ、それが如何した？」

「されば——ひと頃前より、江戸市中を騒がす短筒による辻撃ちが横行しております。昨夜も、私が住む裏店の夜泣き蕎麦屋が、おそらく、その短筒で撃ち殺されました」

はっと息を呑《の》む音がはっきり聞こえた。

葵紋を掲げる水戸藩八代藩主である兄の相貌が見る間に蒼白《そうはく》に変わり、喉《のど》に引っ掛かったような声が漏れ聞こえた。

「まさか……その短筒が我が藩で作った短筒だと申すのか」

「いえ、しかと判明したものではなく、私の直観と申しますか……兄上、かの短筒は家にありましょうか？　それとも既に将軍家に献上なされたあととか」

「いや、わしは知らぬぞ。もし万一、その短筒が辻撃ちに使われたならば一大事《いちだいじ》じゃ。武太夫、すぐにその短筒の行方を確認せい」

ははっ、と武太夫は慌てふためいて廊下を駆け去った。

このところ鹿島灘《なだ》に出没し、水や食料を求めて接近する異国船を迎撃するためにも、攘夷《じょうい》論の先鋒たる水戸藩では、海防能力を強め、大砲鋳造・鉄砲・短筒など鉄砲方掛《かかり》に力を注いでいた。

「敬三郎、もし我が藩の鉄砲方で製作した短筒であるならば、大変なことになる。真相を確かめるのじゃ。よし、そちの助《す》け役に、目付組頭《めつけくみがしら》の島田勘兵衛《しまだかんべえ》を遣わそう。藩内ではそちと互角《ごかく》に剣を交《まじ》えられる、随一の手練《てだ》れ。隠密《おんみつ》の手腕もなかなかのものと聞いている。島田と力を合わせ、探索した結果は逐一報告させるのじゃ」

「このところの市中の寂《さび》れようは、ひとかたならぬものがございます。昼の間は少し町を歩いたぐらいでは分かりませんが、夜になるといかに世間に活気がないか、ひと目で見てとれます。店は日が暮れると早々と閉めますし、盛り場などは、今や死んだ町も同然。暗くて危なくて歩けるものではありませせぬ」

兄の顔が歪《ゆが》んで、溜息交じりに呻き声が漏れて出た。

「さもあろう。敬三郎、そなたの思うがままに存分に探れ。しかし、水戸の名を汚《けが》すような暮らしざまをするぐらいなら家に戻れ。よいか」

「分かっております。決して家名を汚すような真似は致しません。本日はこれにて。武太夫の短筒探索の結果は後刻お知らせください。では」

座を立とうとするのを、押し留められた。

「ま、待て、敬三郎。懐《ふところ》具合はどうなのじゃ、不如意《ふにょい》ならば、勘定方からいかほどでも持っていくが良い」

えらい変わりようだ。こうも変心するものかと、舌を巻いた。

「兄上、心配ご無用。何とかやっております。修養中の身、贅《ぜい》は要《い》りませぬ」

辞儀して去る敬之助の背に、くれぐれも頼むぞ、と兄の声が追い掛けた。

二

——敬之助は、寛政《かんせい》十二年（一八〇〇）水戸藩江戸小石川藩邸で産声《うぶごえ》を上げた。

父は、常陸国水戸藩三十五万石、七代藩主水戸中納言《ちゅうなごん》徳川治紀《はるとし》。三男坊だったから、幼名は虎三郎と名付けられ、元服を機に、敬三郎に変わった。

母は公家の日野《ひの》家一門、瑛想院《えいそういん》。

水戸藩は、東照神君《とうしょうしんくん》徳川家康《いえやす》公の十一男、徳川頼房《よりふさ》を家祖として、尾張《おわり》・紀州《きしゅう》と並んで徳川御三家の一つだ。

敬三郎の父徳川治紀が、文化十三年（一八一六）に亡くなると、八代藩主の座に納まったのが長兄斉脩。斉脩二十歳、敬三郎は十七歳の時であった。

次兄頼恕《よりひろ》は高松《たかまつ》藩松平《まつだいら》家へ養子に、弟の頼筠《よりかた》は宍戸《ししど》藩松平家に養子にと、さっさと兄弟は片付いたが、三男坊の敬三郎だけが、兄の控えとしてなのか残され、文字通り部屋住みの冷や飯喰いの立場だった。


敬三郎は、部屋住み三男坊として生きていたが、引き籠《こ》もりの暮らしに嫌気が差し、二十四歳の誕生日である三月十一日を迎えたすぐ後、重大なる決意を持って、三歳違いの八代藩主の兄斉脩の居室に赴いた。

厳粛な書院の中には、脇に三代続いて仕《つか》える用人、奥田武太夫と、幕府から、藩主藩政の指導監督の目的で遣わせられた附家老《つけがろう》中山信守《なかやまのぶもり》が端座《たんざ》するだけで、しんとしていた。何を進言するのかと、目を光らせている気配が感じられた。

「兄上、本日はお願いがあって罷《まか》り越《こ》しました。ここ何年も藩邸に籠《こ》もって参りましたが、もっともっと市井《しせい》の暮らしぶり、人情の機微《きび》に触れ、人として成長せねば、と思い至りました。何不自由なくこの屋敷で日々過ごしておりますが、世事《せじ》に疎《うと》く、このままでは何一つ知らぬ虚《うつ》け者となってしまうような不安を覚えます。何卒、私めを江戸の町に放り出し、たった独りでの暮らしをさせて頂けませぬか？」

兄斉脩の眉宇《びう》がひそめられ、怪訝《けげん》な表情に変わった。

「何を云い出すかと思うたら……市中で独りで暮らしたいとな。……面白い思いつきじゃのぅ。もっと世の中を学び、人間修養として世情を知り、人の道を学びたいとは見上げた心がけ。しかし……まこと独りでやっていけるか？」

「兄上、ことわざにもございます。可愛《かわい》い子には旅をさせよ、とか、獅子の子落としとも申します」

「こやつ、自ら云うか。よし、許す。己独りで生計《たつき》の道を探し、生きてみよ。武太夫からとりあえず、当座の金子《きんす》ぐらいは受け取れ」

傍《かたわ》らに控える用人をふり返って云ったものだ。

その武太夫、目頭を押さえて、

「若様、何もそのようなご苦労を自らなさらずとも……」

「爺や、私の我がままを、黙って見逃してくれぬか」

敬之助がにっこりと微笑んで、用人奥田武太夫の皺《しわ》深い顔を正面から見て云った。

脇に控える附家老中山信守が厳しく冷たい声音で宣言した。

「若君、確かに見上げた志ですが、肝《きも》に銘《めい》じて頂きたいのです。このところの藩の財政逼迫《ひっぱく》の折、潤沢に生計の金子は出せませぬぞ。当藩自体が毎年幕府より、一万両の助成を頂く身なのです。つい先日、九万五千両の借財を免除されたばかりであるということを、くれぐれもお忘れなきよう」

「御家老、私はびた一文、藩の金蔵から恵んでもらおうなどとは思っておりませぬ。ご安心を」

すると、すかさず柔和な相貌に戻った兄が云った。

「うむ、中山の申すことももっともだ。だが、よいか敬三郎、徳川の名は断じて汚すなよ。水戸藩の名は決して表には出すな。これだけは心してな……」

思ったよりも容易《たやす》く兄の許しも得たが、ところがこの歳まで何ひとつ自分独りでやったことがなく、三十五万石の大大名の名の下に、我がままいっぱいの暮らしをしてきたのだ。大見得《おおみえ》切っていきなり屋敷を飛び出したもののどう生きて行けばいいのか？

用人武太夫から、『殿からお預かり致しました』と当座の金子五両を手渡されたが、荒海の中に放り出された小舟のような気分だった。

まずは、生計の確かな源となる仕事を決めねばと、口入屋《くちいれや》仁兵衛を訪れたのが半年前だった。そして、ちょうど、剣術道場の代理師範の職を得て、今の塚本道場に辰《たつ》の刻（午前八時）から午《うま》の刻（午後零時）まで通っているというわけだ。

午の刻少し前か、塚本道場で門弟十人ずつを一斉に打ち込ませる乱立ち稽古《げいこ》の最中、玄関式台から、同心木島新八郎と岡っ引きの三ノ輪の辰蔵が道場へ一礼してから上がり込んだ。

敬之助は十人相手の手合わせであるから、すぐには稽古を止められぬ。

気付いた小雪が道場上座へ案内し、和《なご》やかに言葉を交わし、奥の間へ茶でも淹《い》れに行ったのだろうか、姿を消した。

腕に覚えの鏡新明智流の木島同心が、敬之助がどんな剣を遣うのか、興味を持って、指南ぶりを見に来たのだろう、と敬之助は思った。

ようやく、本日の稽古はこれまで、の敬之助の声に門弟一同が板敷に座して、御師範有難うございました、の挨拶が終わった。道場内はいつもの如《ごと》く、蜂の巣を突ついたような騒ぎになった。

汗を拭き拭き、上座に座す木島新八郎と辰蔵二人の元に戻って端座すると、昨日とは打って変わって、まるで鬼のような形相《ぎょうそう》をしていた。

敬之助はその変わりように不審な思いを抱きつつ、真向かいに座りながら、にこやかに訊《たず》ねた。

「いやぁ、お待たせ致しました。本日は何用ですか、午前《ひるまえ》から」

と、木島新八郎が、蒼白な表情で左手に大刀を引きつけ、今にも斬《き》りかかりそうな気合の籠もった声で詰問してきた。

「返答次第では、捕縛致しますぞッ！　お答えくだされ」

鯉口《こいぐち》を切り、柄《つか》に手が添えられた。なるほど、士学館で鏡新明智流を修練した隙のない構えだった。

傍らの辰蔵も羽織の裾《すそ》を撥《は》ねて十手《じって》を取り出し、片膝《ひざ》立ちで敬之助の眼前に突き出した。

「これは穏やかではない。どうされた？」

敬之助が道場に眼を遣ると、稽古を終えたばかりの門人たち全員が、金縛りに遭《あ》ったように硬直し、此方《こちら》を見ている。

それはそうだろう、我らが剣の師匠が、目明かしに十手を突きつけられ、抜き打ちに斬られそうな様子を目《ま》の当たりにしているのだ。

その時、小雪が奥の間から茶を盆に載せて姿を現し、この場の緊迫した状況を眼にして、茫然《ぼうぜん》と立ちすくんだ。

木島新八郎が、喰い縛った歯の間から、唸るように言葉を絞り出した。

「ご無礼かと思ったが、たった今、そちらの刀架《とうか》に掛けられた御手前の差し料の見事さに、つい手を出し、鯉口を切って拝見した。すると、どうだ。あの鎺《はばき》の葵の御紋は何でござるか！　我らにも分かるようにご説明願いたい」

（迂闊《うかつ》だった。無造作に刀架などに置くべきではなかった……）

確かに抜刀した鍔《つば》元一寸ほどの鎺には、三つ葉葵の紋が刻印されていた。

刀身の鎺と凶弾に、同じ葵の紋――。疑われて当然か？

「はっはっは、御覧になられたか」

鷹揚《おうよう》に応《こた》えて、固まっている門弟たちを追い出そうと、笑顔になって優しく声を掛けた。

「お～い、みんな、何でもない、心配せずに帰りなさい」

門弟たちがざわざわと、それでも皆、云いつけ通り道場を出ていった。

道場に静寂が戻った——。

抜き打ちの構えを崩さず、睨み続ける新八郎の額と首筋には、冷や汗か脂汗か、玉のような汗が伝わり落ちている。

十手を突き付けたままの辰蔵の息も喘《あえ》いでいる。

「説明しましょう。本来なれば、口には出せぬのだが、ここまで切羽《せっぱ》詰まった状況ならば許されよう……」

新八郎、辰蔵、二人の顔を見て、敬之助は覚悟を決めてゆっくりと話し始めた。このようにのっぴきならぬ羽目に陥ったからには、仕方あるまい。

「勿体《もったい》をつけるようだが……私は、水戸藩三十五万石の三男坊、徳川敬三郎と申します」

ええっと小雪を含めた三人が一斉に息を呑み、場の雰囲気が一変した。

「そ、それはまことですか！」

と、木島新八郎が驚愕の眼を見開いて、絶句した。

「み、水戸の若様？」

小雪が呆然自失《ぼうぜんじしつ》して吐息とともに、へたり込んだ。

敬之助としては、何やら虎の威《い》を借る狐《きつね》のようで居心地悪い思いであったが、

「いや、すみません。水戸の水と、徳川の川と、敬三郎の名を混ぜ合わせて水川敬之助との偽名で……人間修養のため、このように裏店に身を置いて修行中なのです。木島殿が御覧になった鋼に葵紋が刻まれた愛刀〈三日月宗近〉は、亡き父、七代藩主徳川治紀より贈られたものです。もし疑念をお持ちならば、小石川の水戸藩邸へ赴《おもむ》き、奥田武太夫と申す用人、もしくは私の兄、八代藩主斉脩にお訊ねください。そうすれば身の潔白は証明されましょう」

悠揚《ゆうよう》迫らざる敬之助の態度に気圧《けお》されたように、新八郎はようやく抜き打ちの構えを解き、柄から手を放して、袖《そで》で汗を拭《ぬぐ》い、畏まって云った。

「いや、そのようなお方とも存じ上げず、それがしはまことに無礼を致しました。許しも得ずに、武士の魂を盗み見るなどの非礼、ひらにご容赦を。おい辰蔵、おめえもお詫び申し上げねえか」

「へへ、水戸の若様とは露《つゆ》知らず、不浄の十手など突きつけまして、お武家様ならば切腹ものでごぜえやす。木島の旦那同様、ひらにご勘弁のほどを」

と、床に這《は》いつくばった。

「いやいや、まだ証明された訳ではありません。そのように恐縮せずに……それより、昨日お聞きしました夜回りの火の番の射殺はどんな状況だったのですか？教えてくれませんか。兄からも葵の紋の雪辱《せつじょく》を果たせと命じられております。水戸家のみならず、上様はじめ徳川の名誉を挽回するためにも、解決せねばならぬのです」

「はっ、火の番の爺さんが撃ち殺された直後に、酒に酔った職人二人が、頭巾《ずきん》を被った武士が逃げ去るのを目撃しております。こやつが下手人《げしゅにん》に間違いないでしょう」

「ふぅむ。やはり武士であったか……今後も色々と教えてもらえませんか。あと、私の出自の件はくれぐれも内密に……」

腕組みして深く思考する敬之助に、今後の報告を約し、新八郎と辰蔵は恭《うやうや》しく辞儀して、逃げるように塚本道場をあとにした。

残った小雪がおずおずと口を開いた。

「水戸の若様と存ぜず、先日は身のほど知らずの訪問を父とともに……恐れ多いことでございました。心よりお詫び申し上げます」

「小雪どの、知らぬものは致し方ない。打ち明けなかった私が悪いのです。いや、お世話の数々、私の方こそお礼申し上げる。今後とも宜《よろ》しくお願い致します」

「えっ、では、今まで通りに……」

「はい、無論です。この修養を止めるつもりはありません」

「まあ！」

小雪の顔が朱《しゅ》に染まり、喜色《きしょく》満面《まんめん》に両手で胸を押さえた。

「小雪どの。私のことは今後とも、極力内密にお願い致します。お父上にも」

「はい、勿論《もちろん》でございます。でも、このように大事なことを父にも秘密にとは……」

「私は、ちょいと家へ戻ってきます」

くだけた口調で云い、腰を上げ、板壁の刀架から愛刀を取り、手挟《たばさ》んだ。

「お屋敷へでございますか？」

「〈五郎兵衛店〉が、お屋敷ですか？」

「安心致しました。本日はお疲れ様でございました。明日も何卒宜しくお願い申し上げます」

小雪の丁重《ていちょう》な見送りに軽く片手を上げて、〈五郎兵衛店〉の我が家に戻った。

格子戸を開けると上がり框に、水戸藩目付組頭、島田勘兵衛が扇子《せんす》片手に待っていた。敬之助を見るや、さっと立ち上がり、辞儀をした。黒ずくめで、袖なし羽織に裁着袴《たつつけばかま》、草鞋《わらじ》履き、いかにも腕が立ちそうだ。

「若君、お留守中に失礼し、お待ち申しました。本日より、殿の御命令で若君とともに精勤《せいきん》させて頂きます。何卒よしなに」

鋭い眼付き、油断のない躰配りに、水戸藩武道館で竹刀を戦わせた当時が昨日の如く思い浮かび、懐旧《かいきゆう》の情が蘇《よみがえ》った。

「勘兵衛、久しぶりだなぁ。そのほうが手を貸してくれれば、百人力だ。私の貧乏長屋暮らしに驚いたか？」

「何をおっしゃいます。御用人様からお聞きしております。見事なお覚悟で感服しております。早速ですが若君、奥田武太夫様とお屋敷内を探索致しましたが、十年前に鉄砲方の小坂玄朴様が作った三つ葉葵の御紋入りの短筒は発見されませんでした。小坂殿が既に亡くなられた今となっては、果たして将軍家へ献上なされたのか否かについては、まだ調べの途中でございます」

「ふぅむ。難儀《なんぎ》だな。勘兵衛、そなたなりに短筒の行方を探索してくれ。私は私で……逐一互いに報告し合おう。兄上への報告も頼む」

「はっ、では、その様に」

「待て待て、勘兵衛。一昨夜も葵の御紋の短筒の犠牲者が出ている。存じているか？」

「はっ、火の番の老人でございますな」

「うむ、さすがの早耳だ。万事任せた。早速かかってくれ」

はっ、と辞儀して風のように姿を消した。頼りになる男だ。

身分を明かしてしまって気が抜けたのか、ほっと安堵《あんど》の吐息をついたその時、戸口から艶《つや》やかな女の声がした。

「旦那ぁ、いらっしゃいますか？」

見れば日本橋音羽町〈ふじ志麻〉の女将《おかみ》、志麻だった。

「さぁさぁ、伊佐治、お入り」

促されて後ろから、先日世話になった元博奕《ばくち》打ちの伊佐治が、両手に岡持ちと朱塗りの角樽《つのだる》を持って入ってきた。

「旦那、その節は……一両もの手間賃を頂きまして。こいつはあっしが腕によりをかけて拵《こしら》えた料理で。どうぞ、ご賞味なすっておくんなさい」

と云いながら、上がり框に岡持ちを置いて蓋《ふた》を開けた。そこには刺身と焼き物と鮑《あわび》と……思わず喉が鳴った。

「旦那ァ、これは今朝樽廻船《たるかいせん》で新堀《しんぼり》に着いたばかりの下《くだ》り諸白《もろはく》、灘の生一本《きいっぽん》でございます。お召し上がりくださいませ」

座敷に上がり込んだお志麻が、艶っぽくしなだれ掛かるように云う。まだ八つ(午後二時)にもならぬ時刻だというのに。

「いやぁ、すみません。あとでゆっくり頂くよ」

と云う間もなく、またも戸口で女の声が——。

「御免くださりませ。わか……いえ、先生。父ともどもお詫びと御礼に駆けつけました」

小雪が、一升瓶らしき形にふくらんだ紫色の風呂敷包みを胸に抱き、その後ろには羽織袴に威儀《いぎ》を正した塚本左衛門が杖《つえ》を突いて立っていた。

左衛門は先日、小雪を嫁にと、頼みに来た時以来の来訪だ。

(あっ、父親には私の正体を話したな)とすぐ知れた。

二人は、先客がいるのに遠慮してか、框で膝を折り、頭を下げて云った。

「……今後も、道場の代理指南を続けて頂けるということで、恐れ多い……いや、涙が出るほど嬉しゅうございます」

「いやいや、塚本先生、お顔をお上げくださいさい。私は今まで通りに……」

「も、勿体ない。これ小雪、早くお仕度を」

はい、と応えて小雪が袂《たもと》から紐を出し、袂をからめて襷《たすき》に掛けた。

「ちょいと、何を始めようってのさ。お前さんは誰だい？」

志麻が気色《けしき》ばんで、しゃしゃり出てきた。小雪が凛《りん》として応える。

「はい、私は、水川先生に毎日剣術の代理指南をお願いしております、塚本左衛門道場の娘で小雪と申します」

「へぇ～、あたしは日本橋音羽町の小料理〈ふじ志麻〉の女将、志麻って云うもんですけど、旦那には贔屓《ひいき》頂いておりますのよ。ねえ、旦那ぁ」

女同士が角突き合わせて、焼き餅の焼きっこの気配だ。

とばっちりを喰いそうな様子に敬之助は首をすくめた。

その時、またもや、今度は男の声。

「水川敬之助殿はご在宅でございますか」

戸口には、同心木島新八郎の強張《こわば》った立ち姿があった。後ろをふり返って、神妙に場を譲り後退《あとずさ》った。

敬之助宅の入り口付近には、長屋中の住人が集まり、すわ天下の一大事という感じで、中を覗こうとひしめき合っている。

それを新八郎の手下の岡っ引きの辰蔵が十手をひけらかせて、さぁ帰れ帰れ、見世物じゃねえんだ、と追い払っている。

供を二人従えた武士が深編笠《ふかあみがさ》を外しながら前に出た。

四十半ばと見える大柄の武士が、部屋の中に四人もの人間がいるのを察して少したじろいた風だったが、そのまま口を切った。

「それがしは南町……」

「あいや、お待ちください」

敬之助は慌ててその言葉を遮《さえぎ》った。

「女将、伊佐治さん。塚本先生、小雪殿、すまぬが席を外してくれませんか」

皆も立派な武士の登場に気を呑まれていたが、諾々《だくだく》と従って出ていった。敬之助がそれを見送って、

「いやはや、今日一日、目の回るような先客万来《せんきやくばんらい》でしてなぁ。ご無礼致しました。えーと、南町の……」

「南町奉行、筒井和泉守政憲《つついいずみのかみまさのり》でございまする。まさか、水戸家の若君がこのような薄汚い……いや、失礼……過ごし易そうな裏店にお住まいとは露知らず。先ほ

ど、小石川のお屋敷へ参上し、ご挨拶申し上げた次第で……同心木島が無礼千万な仕儀に及んだこと、ご容赦のほどお願い申し上げます」

俸禄《ほうろく》一千石の旗本上がりの町奉行と、三十五万石の将軍のお血筋であり御三家の大大名の水戸家の若様とでは雲泥の差。筒井政憲にとっては雲上人《うんじょうびと》と云ってもいいだろう。

「いやいや、御奉行様。私は今、三代続く浪々の者として世を忍んで修行中の身です。先頃より江戸市中を騒がす、葵の紋の刻印された短筒を遣う辻撃ちを探し出し、悪評を払拭《ふっしょく》せねばと腐心《ふしん》しておりましたが、木島殿に問い詰められて思わず身分を明かしてしまったのです。木島殿には、今後ともご協力して頂きたく、私の方からも宜しくお願い致します」

丁重に頭を下げる敬之助に筒井をはじめ、案内の同心木島も恐縮しきりの態《てい》だ。

「若君。も、勿体ない。で、今後、若君をどうお呼び致せば宜しゅうございますか？　御身分を隠しておいでですから……」

「そうですなぁ、水川さん、とか、敬之助さんとか、そう呼んでください」

「はっ、では、そのように……」

「で、早速ですが、続けて辻撃ちが出没しておりますが、奉行所ではどのように対処なさっておいでなのですか」

「はっ、この葵の御紋を貶《おとし》める所業は、両奉行所挙げて阻止せねば……。たまさか我が南町が今月の月番でございますれば、夜半の定廻りの回数を増やし、江戸市中隈《くま》なく見回っております」

「うむ。判明したことは、私にご報告頂けませんか。この木島殿を介して」

「わ、若、いえ、水川殿、どうぞ木島とか新八郎とか呼び捨てに」

「一介の浪人が、同心殿を呼び捨てにするわけにはいきますまい。では、本日はわざわざのご挨拶、ご苦労でした」

恐縮し切った態で、奉行、与力二人、木島同心は、貧去長屋をあとにした。

三

翌朝、五つ半（午前九時）、水野周防守家の用人木澤甚内が、慌てふためいて駆けつけてきた。朝食をかっ込んでいた敬之助は驚いて迎えた。

「どうなされた、ご用人、そのように蒼《あお》い顔をして……」

「水川殿。と、殿が、ど、毒殺されました！」

上がり框にへたり込んだ。

「何と！」

敬之助も虚《きょ》を衝かれて、箸を置いて駆け寄った。

「さぁ、お上がりくだされ」

は、はい、と腰の抜けた様子で、甚内は奥の六畳間へ這いずり込んだ。

お熊も事態を察して、慌てて茶を淹れて差し出した。

木澤甚内はアチチチと云いながら、それでも一気に呑み干した。

「さぁ、落ち着かれましたか。出来る限り詳しく聞かせてくだされ」

促された木澤甚内は、ひと息大きな溜息をつき、話しだした。

「……昨夜のことでござる。夕餉《ゆうげ》の最中、好物の鯛《たい》の塩焼きを口にし、味噌汁を呑んだ途端《とたん》に、喉を鳴らして口中の物半分を吐き出しました。ご一緒にいらしたのは、奥方のお峰の方様で悲鳴を上げて人を呼ばれました。すぐにそれがしが駆けつけ、殿をお抱えした時には、口から泡をふき、息も苦しいご様子。すぐに御家老の松田民部《まつだみんぶ》様も駆けつけ、蘭方医《らんぽうい》の良庵《りょうあん》殿をお呼びになりました。その後も殿はお苦しみになられ、良庵殿の介抱《かいほう》で食せられた腹中のものをすべて吐き出したものの、いっかな症状は治まりませぬ。主だった者が枕許に呼び集められ、奥方様、お世継ぎ晃之亮様、御家老松田民部とそれがしが見守る中で息を引き取りました……」

甚内の眼には涙が溜まり、その場を思い浮かべているのか、肩が震え、そのまま床に突っ伏してしまった。

「甚内殿、お気持ちは分かります。して、その場に助次郎君はおられなかったのですか？」

促されて甚内は、涙声で言葉を続けた。

「側室お梅の方と、次男助次郎様は遠ざけられたのか、臨席《りんせき》されませんでした。良庵殿があまりに急の御変死という事態に疑念を持たれ、奥方、御家老の反対を押し切って腑《ふ》分《わ》けをなされました。結果、胃の腑は赤黒く爛《ただ》れ、毒殺ではないかとの疑念を持ちました……。確かに御台所で私が味見を、と毒見役の三宅藤兵衛《みやけとうべえ》なる者が証言致しております。誰の仕業か、思い当たるところは一つ。お峰の方様と松田民部様のあの素早い対応は、何やらあらかじめ企《くわだ》てられたような感がしてなりません」

「うむ。このところ私に呼び出しもなく、どうしたものかと案じていたのですが……」

敬之助の脳裏には、どろどろとした醜《みにく》い後継争いが思い描けた。

当主周防守を毒を盛ってまで亡き者にし、暗愚《あんぐ》の世継ぎ晃之亮を立てるという、家老松田民部と正室お峰の方の悪辣《あくらつ》な企てに思えてならぬのだが……。

まさか、腕貸し稼業が、五千石の大身《たいしん》旗本の後継者争いにまで、力を貸すことになろうとはとは思いもよらなかった。

市井《しせい》の夫婦喧嘩、浮気女房と妾《めかけ》の家に通い続ける亭主とか、世事にふり回される些細《ささい》な出来事が多かったが、まさかこんな大事に首を突っ込むことになろうとは……。

「参りましょう、甚内殿。藪《やぶ》を突いて果たして蛇《へび》が出るか試してみましょう。私が目付役に扮《ふん》してご一緒致します。案内をお願いします」

「何卒お力をお貸しくださいませ」

「しばらくお待ちください。衣服を改めます」

云って、以前この仕事を引き受けた折に日本橋〈越後屋〉で誂《あつら》えた、羽織袴を着用し、威儀を正した。普段は帯びない脇差《わきざし》も押し入れの奥から取り出した。

久しぶりに正装し、大小を帯刀した己の武士らしい姿に満足して、〈五郎兵衛店〉をあとにした。お熊が、惚れ惚れと眺めて、さすがは先生、お似合いですねぇ、と感心の態で送り出した。

途中、緊張しきった甚内が、舌打ちして立ち止まった。

「しまった、駕籠《かご》を仕立てれば良かった、お目付役が徒歩でやって来るなど前代未聞、貫禄が無さ過ぎますぞ。何処《どこ》かに借用出来る権門《けんもん》駕籠がござらぬかなぁ。心当たりはござらぬか？　いやいや、水川殿に相談しても、全く手の届かぬ代物《しろもの》でござろう。今すぐには無理じゃろうのぅ……」

甚内が大きな溜息を吐いた。あまりの落胆ぶりを見て、敬之助が思いついて、云った。

「いや、無理か否か、当たって砕けろです。小石川まで寄り道をします」

「はっ？　小石川……ですか？」

「まぁまぁ、深くは詮索《せんさく》せず、付いてきてください」

神田鍛冶町から、小半時――。

水戸屋敷両開き大門の前で立ち止まり、門番に、

「おい平助、奥田武太夫を呼んでくれ」

「こ、これは、若様。はい只今！」

慌てふためいて屋敷内へ駆け込む門番の後ろ姿を見送って、木島甚内が度肝を抜かれたように云った。

「わ、若様、でございまするか……」

「はい、実は私は此方の三男坊なのです。今まで黙っていて申し訳ございません」

「水戸中納言様の……上様のお血筋、徳川の……」

甚内の相貌は蒼白になり朱色に変わった。赤くなったり青くなったり、敬之助はその変わり様に噴き出してしまった。

その時、玄関式台に、奥田武太夫が出てきた。

「敬三郎様、突然のお運び、どうなされました？」

「木澤殿、これは水戸家の用人、奥田武太夫と申す者。お見知りおきを。爺や、此方は水野周防守様御用人、木澤甚内殿だ」

甚内が式台に両手をついて挨拶した。

「恐れ入ります る。お見知りおきくだされ」

両家の用人同士が、互いに平身低頭し合っている。

「若様、して、本日の急な訪いの訳は？」

「爺や、権門駕籠を一挺《ちょう》、供揃《ともぞろ》えも整えて至急借用したい。御紋無しでな。三つ葉葵は不要なのだ。訳は……訊くな」

「そのようなこと、容易い御用にござります。しばらくお待ちを」

「もう一つ。爺や、島田勘兵衛も供の中に加えてくれぬか」

「はい、早速呼びましょう」

そそくさと武太夫は奥へ消えた。残された甚内が再び、仰《あお》ぎ見て、

「水戸家の若様とは知らず、数々のご無礼お許しくだされませ」

「無礼なんて思ってもいませんよ。知らなければ当然のことです。ああ、揃ったようです」

見れば、前後二人の駕籠担ぎで仕立てた立派な権門駕籠、従う若党が二人、駕籠脇に島田勘兵衛が控えている。

「よし、出発しましょう。いざ、水野邸へ!」

道々、敬之助は駕籠には乗らず、甚内と島田勘兵衛とともに歩きながら、話の筋書きを考えた。

——当主水野周防守の急逝《きゅうせい》に驚いた用人木澤甚内が、疑念を抱いて、蘭方医良庵に腑分けを依頼し、結果、胃の腑は赤黒く爛れ、診立《みた》てによれば、毒殺であ

ろうと判明した。

以前より、水野家は世継ぎ争いで家中は二分され、騒がしかった。

甚内が己だけの判断ですぐさま、辰ノ口《たつのくち》に在る評 定所《ひょうじょうしょ》に駆け、訴えに及んだ。

五千石の大身旗本の毒死の疑いに、詰めていた老中が即断し、日にちをおいては不都合との考えから、目付の水川敬之助に検死を命じて、こうして遣わされたと――。

勘兵衛には御小人《おこびと》目付として付き従い、ひと言も口を挟まないようにと釘《くぎ》を刺した。二人とも頷《うなず》き、了解した様子だ。

――目付に扮して探索のために乗り込むが、こうしてごり押しするより致し方あるまい、と敬之助は肚《はら》を決めた。

四

町家の並ぶ界隈《かいわい》を過ぎ、川沿いに歩いて入江橋《いりえばし》を曲がると、一町（約一〇八メートル）先に水野周防守屋敷が望めた。

敬之助は、直前に権門駕籠に乗り込み、門内に入った。

木澤甚内の先触れで、公儀目付役が参上したとの知らせに、水野邸は大騒ぎとなった。当主の変死があったその翌日、まさか、御公儀の吟味があろうなどとは、夢にも思わなかったのだろう。

目付に扮した敬之助と島田勘兵衛の二人は、奥座敷に通された。

五十畳はあろうかと思われる広間だった。

悠然と待つ二人――。

甚内が現れ、医師良庵の吟味取り調べを先に執《と》り行なってください、との言葉を受け、待つことしばし。

障子外に、御免ください、の声のあと、十徳《じっとく》を羽織り、髪を後ろに束ね、薬籠《やくろう》箱を抱えた良庵が入室してきた。

白髪《しらが》交じりの鶴のように瘦《や》せた男であった。訊くと、

「何の毒かは断言出来ませぬが、毒殺であることは間違いございませぬ」

と自信たっぷりに云い切った。

長崎で学んだ蘭方医杉田玄白《すぎたげんぱく》に師事して、『解体新書《かいたいしんしょ》』なる医学書でご説明致しましょう、と己の診断を曲げなかった。

次に、正室お峰の方、家老松田民部、嫡男《ちやくなん》晃之亮の三者。その後ろには眼光鋭く、頑健そうな剣客が座した。端に木澤甚内が侍《はべ》っている。

「役儀により、言葉と容儀を改める。今朝早く、当水野家用人木澤甚内が、評定所に訴え出た、ご当主周防守殿急死の件について吟味致す。只今医師良庵の吟味により、毒殺に相違なしとの証言を得た。お心当たりはござらぬか？」

敬之助は、居並ぶ五人を見渡した。お峰の方はたっぷりと肉を湛《たた》えたその体を豪華な衣装に包んで、前日夫を亡くした妻女とは思えぬ傲岸《ごうがん》な様子で端座していた。しかし双眸《そうぼう》は落ち着きなくチラチラと動き、内心のただならぬ慄《おのの》きが見て取れた。

さすがに、家老の民部は老獪《ろうかい》な人物であろうことが読み取れる。不快げな表情を隠そうともせず、平然と胸張って座している。

（もしやこの二人、不義密通の仲ではないのか？　そして、暗愚の嫡男、晃之亮を当主の座に据えて、裏で院政を敷き、私利私欲を満足させ、五千石の水野家を我が物として、思いのままに牛耳《ぎゆうじ》ろうとしている……）

「お峰殿、聞けば、亡きご当主とは一緒に夕餉を摂《と》られていたとのこと。同じ物をお口に入れなかったのかな、お味の変化に何ぞ気付かれなかったのか。それとも、それは故意に口に入れなかったとか……」

「何を申されます。そのような見分けが出来ようはずはありますまい」

「ごもっとも。毒見役の三宅藤兵衛なる者はその後如何致しておる。この場に立ち会ってもらう。呼んで参れ」

敬之助が、目付になり切った鋭い口舌《こうぜつ》で、云い放った。

「ははっ、早速……」

木澤甚内が部屋を出ると、廊下を慌ただしく駆け去る音が響いた。

静寂が、部屋を支配した。ぎこちない雰囲気が漂っている。

待つほどの間もなく、廊下を音高く、駆け戻る音が――障子を開けて甚内が、転げ込むように戻ってきた。かすれ声が喉からほとばしる。

「た、大変でございます。毒見役の三宅藤兵衛が……自室にて絞殺されておりました」

「絞殺？　武士でござろう、何ゆえ絞殺なのか」

敬之助が即座に反応して甚内を問い質《ただ》した。

「わ、わかりませぬ。老齢でございましたから、抵抗は不可能だったかと」

恐縮し切った用人の言葉は、敬之助のみに向けられていた。奥方、家老を一瞥もせず、それは異様な対応であった。

松田民部が訝《いぶか》しげに目を細めて、用人に云った。

「甚内、そのほう、何を恐れておる。水野家家老であるそれがしに真っ先に報告して当然のはず。何ゆえそれほど目付殿に気を遣うのじゃ？」

「そ、それは……」

口籠《くちごも》る甚内に助け船を出して、敬之助が泰然《たいぜん》と云った。

「いや、御家老、御用人はこのところの大変に気が動転しておられるのでござろう。さて、この場に何故《なにゆえ》、次男助次郎様とお梅の方がおられぬのか。すぐにもお呼びくだされ」

不満げに顔見合わせたお峰の方と民部であったが、敬之助の言葉には有無を云わさぬ強引さがあった。お峰が金切り声を上げた。

「継嗣《けいし》の晃之亮がおります。妾腹《しょうふく》の子、助次郎など関わりはございませぬ」

「そうじゃ。わしがいるのに、弟など呼ぶ必要はない！　目付風情がうるさいのじゃ。他家の問題に嘴《くちばし》を突っ込むな」

晃之亮は癇癪《かんしゃく》持ちらしく、眉尻を痙攣《けいれん》させて喚《わめ》く険相《けんそう》に、悪評の通りの横暴ぶりが窺《うかが》い知れた。

「若君、お噂はまことでしたか。若いお女中たちがいつけぬはずです。家臣の方々のご辛抱《しんぼう》は察するに余りあります。あなたが水野家五千石をお継ぎなされるとしても、御公儀たる私に対するその態度を見れば、すぐにも改易《かいえき》かお取り潰しのお達しがくだされるのは眼に見えておりますな。家臣たちが可哀《かわい》そうだ」

敬之助は皮肉たっぷりに云った。

「ううむ。云わせておけば……許せぬ」

晃之亮が唾《つば》を飛ばして喚き、傍らの白柄の大刀の鯉口を切ろうとした。

背後に控える剣客らしき武士が、後ろから羽交《はが》い絞《じ》めに抱き留める。

「若様、短慮はなりませぬ。お気を静めて！」

「止めるな、黒田《くろだ》ッ。公儀の小役人め、斬り捨ててくれるわ！」

敬之助の背後に控える島田勘兵衛が、迎え撃つ体勢を取ったのが察せられた。

その時、障子が開き、甚内の案内で、おそらく次男助次郎と生みの母お梅の方らしき顔が覗いた。

凛々《りり》しい面貌の少年が叫んだ。

「兄上！」

その後ろに﨟長《ろうた》けた女性《にょしょう》が立ち、この場の状況に、息を呑んで立ちすくんだ。

「助次郎様でござるか、そちらはお梅の方か。お入りあれ」

あくまでも公儀目付役に徹した敬之助が、尻込みする二人を招き入れた。

「関わりのある人物はすべて、お揃いですな。毒見役三宅藤兵衛殿は、おそらく口封じのために、知られて欲しくない誰かに絞殺されてしまったが……」

藤兵衛が？　驚きの声が助次郎の口から洩れる。

「さて、それがしの知るところによれば、かねてより水野家では、後継を巡って嫡男晃之亮と、弟助次郎を擁立《ようりつ》する二派に分かれて紛糾《ふんきゅう》していた。遂には当主晃忠殿が毒殺された……」

敬之助はその場に集《つど》う面々を睨みつけながら続ける。

「愚昧《ぐまい》な嫡男に与《くみ》して私欲をむさぼろうとする派か、妾腹の小童《こわっぱ》に取り入って藩政を牛耳ろうとする派か、いずれかの仕業《しわざ》と断じざるを得ない。どちらの派による奸計《かんけい》だろうと、そのような御家は取り潰しがふさわしい！　厳しい沙汰を覚悟なされよ！」

あえて敬之助は、晃之亮と助次郎の双方を挑発した。

松田民部の歯軋《はぎし》りが音高く鳴った。

お峰の方は怒りに身を震わせている。

突如、晃之亮が刀を手に立ち上がり、声高《こわだか》に叫んだ。

「おのれぇ、父上と同じように、わしを馬鹿にするか！　母上、民部、もはやこの目付と助次郎を斬り捨てる他に我らの道はない。父上同様、あの世へ送ってやる！」

水野家当主の毒殺が、晃之亮、お峰の方、松田民部による犯行だと、敬之助は確信した。

晃之亮はそのまま刀を抜き放ち、声高《こわだか》に叫ぶ。

「黒田、斬り捨てぇ！」

さらに廊下へと飛び出し、屋敷中に轟《とどろ》く大音声《だいおんじょう》で叫んだ。

「狼藉者だ！　出会え、出会え！」

この呼び声に、今まで公儀目付を迎え、いかなる状況になろうかと、息を呑んでいた家臣たちが、どどっと廊下板を踏み鳴らして、押っ取り刀で駆けつけた。

その数、四、五十人はいようか――。

庭に飛び降り、この居室を囲んで、左右に分かれて一斉に抜刀した。白刃の切っ先が不気味に光り、震えている。

居室の中では、甚内が自らの背に助次郎君とお梅の方を庇《かば》い、立ち塞《ふさ》がっている。

片や、傲然と立つ家老松田民部、その後ろにお峰の方。

——廊下に立ち、家臣団に敬之助を指差し、斬れ斬れと下知《げじ》する晃之亮の眼には狂気の色が宿っている。

敬之助がやおら、立ち上がった。その手には愛刀〈三日月宗近〉が握られている。大勢を相手に斬り合いになるであろう今の状況に、覚悟を決めたものの、胸の鼓動否《いや》が応《おう》にも速くなった。武道館で剣術稽古を続けた平常心で立ち向かえば良いのだと肚は決めたものの、禍々《まがまが》しい刃に囲まれて武者震いが抑えられなかった。

悠然と島田勘兵衛が大刀片手に立ち並んだ。

敬之助が腹の底から響く声で静かに口を切った。

「各々《おのおの》方に申し上げる。本日、公儀目付として、当水野家当主周防守毒殺の件につき、吟味検視役として参上したとは真っ赤な偽り！　まことは、将軍家の血筋、水戸、徳川敬三郎である。見よ、この葵の御紋を！」

眼前で刀の鯉口を切り、長さ一寸の鎺に刻印された三つ葉葵の紋章を見せた。

家臣一同は身を乗り出し、目を凝《こ》らして、葵の紋を確認せんと首を伸ばした。

「奸物《かんぶつ》の家老松田民部、お峰の方を良しとする者は、そちら側につけ。異を唱える者は、助次郎君につけ。家臣の方々に申し上げる。水野家を二分する此度《こたび》の騒動、御家取り潰しとなれば、仕官の道は閉ざされ、家族郎党が困窮するは必定。助次郎君を押して評定所に申し立て、水野家立て直しを目指すのだ。心ある者は手を引け。松田民部、お峰に籠絡《ろうらく》された者は致し方なし。容赦はないぞ、覚悟を決めて、かかって参れ！」

〈三日月宗近〉の鞘《さや》を払った。

「若様、それがしにお任せを！」

ずいと前に出た島田勘兵衛が大刀を抜き放った。そこにはかって、敬之助と水戸藩邸道場で竹刀を打ち合い、互角の勝負を競った強者《つわもの》の姿があった。

——それは、始まった。

「エエイッ！」

斬りかかる喊声とともに、必殺の剣風が勘兵衛を襲った。

勘兵衛の落ち着き払った横薙《な》ぎの一閃で、その家臣は腹を裂かれ、鮮血を散らして前のめりに斃《たお》れた。

取り囲む逆臣共の剣先が乱れる。ばらばらと囲みが締まり、なおも斬り込む気配を見て、敬之助が背後をふり返り、助次郎君を守れ、と他の心ある家臣に下知した。

部屋の隅に、お梅の方、助次郎、甚内を囲んで、忠臣たちが守りを固める。

敬之助に斬り掛かる家臣も二人、三人と増え、やむを得ず敬之助も、愛刀をふるった。電光の如き剣捌《さば》きは、斬り込む相手を無残に斬り、裂き、薙いだ。

畳、障子に血飛沫《しぶき》が飛び散る、修羅場が眼前に広がった。

（真剣を使っての斬り合いが、これほど凄絶《せいぜつ》なものだとは……）

敬之助は、心底から掌中《しょうちゅう》の日本刀の切れ味、その恐ろしさを実感した。

こちらからは斬りかからず、刃向かってくる者のみを斬り捨てた。

一方、島田勘兵衛の剣は、水を得た魚の如く、右に跳び、左に躱《かわ》して、刀に命が吹き込まれたように、自在に斬り捨てている。

水戸家若殿を守らねばならぬとの使命感が支配しての剣の舞だろう。見事な太刀捌きだった。

あらかたの逆臣を片付けた勘兵衛が、若様、と向き直った。

と、部屋の隅に追い詰められた謀反《むほん》の首謀者たる家老松田民部と晃之亮の二人が、おのれ！　死ねッと同時に叫んで、狂気の相貌で斬り込んで来た。

「逆臣、成敗致すッ！」

敬之助の刀は、右からの袈裟《けさ》斬りで、民部の左鎖骨《さこつ》から心の臓まで切り下げた。鮮血が迸《ほとばし》り、その眼はかっと見開かれて、なお、己の敗北が信じられないように宙を睨《にら》みながら、地に沈んでいった。

この世に執念を残す無念の双眸を残して――。

一方、勘兵衛の剣は、晃之亮の腹を左から右へ斬り裂いていた。武士の名誉である切腹の機会も与えぬ無惨な仕打ちでもあった。晃之亮は裂かれた腹を抱えて、己の流す血溜まりに顔から突っ伏して死んだ。

お峰の方の悲鳴が響く。その表情は、夜叉、般若の面に変わっていた。

茫然自失して佇《たたず》む助次郎とお梅の方、木澤甚内、そして彼らを守った忠臣たちに敬之助が穏やかに云った。

「よくぞ真贋《しんがん》を見極めなされた。私は、嘘偽りなく水戸家徳川敬三郎です。あとは公儀目付、評定所の吟味により、正義が行なわれるものと存じます。今後、御一同がなお一層お力を集めて、水野家がいや増して、栄えることを祈念致しております」

安堵の吐息が座敷に広がって、膝をついて頽《くずお》れる者、肩震わせて泣き出す者が溢《あふ》れた。

第五章　葵紋《あおい》の辻撃《つじう》ち

一

神田紺屋町、〈五郎兵衛店〉――。

神無月《かんなづき》（十月）ももう半《なか》ばを過ぎようとする黄昏時《たそがれ》――。ひんやりした風も肌寒く感じる。秋の日はつるべ落としというが、先ほどまで夕陽に照らされ赤く輝いていた裏庭の山茶花《さざんか》の花も、その可憐《かれん》な姿が薄闇に消えようとする。

敬之助は、水野周防守家の後継騒動が落着して、さすがに少々の疲れを覚え、裏店《うらだな》の我が家で寝転んでいた。

五千石の大身《たいしん》旗本の御家騒動の真っ只中に身を投じて、暗愚《あんぐ》の嫡子《ちゃくし》晃之亮を廃し、利発賢明《りはつけんめい》の次男助次郎が後継することに手を貸したのだ。

〈萬《よろず》、腕貸し稼業〉も、ここまでの大事に首を突っ込むとなると、敬之助も埒外《らちがい》の問題と思わざるを得ない。

つい、やむにやまれぬ正義感に引きずられ、刀をふるってしまったが、水戸藩の部屋住み三男坊がここまで介入してしまっていいのだろうか、と己の行動の在り方をふり返っていた。

「御在宅でございますか」

表で、慇懃《いんぎん》な訪《おとな》いの声がした。あの声は、水野家用人、木澤甚内の声だな、と察し、は～い、開いていますぞと応答して座り直した。ついでに暗くなった室内に行灯の灯を入れた。

木澤甚内が強張《こわば》った表情で腰高障子《こしだかしょうじ》を開いて入ってきた。座敷に上がると平伏し、紫色の風呂敷に、菓子折りだろう包みを差し出しながら云《い》った。

「過日は一方ならぬお力添えを頂き、ようやく当水野家も安泰《あんたい》でございます。御《ご》公儀《こうぎ》より、助次郎様の後継の裁定を頂き、無事御家存続となり申しました。すべては、徳川敬三郎様のお力添えによるものと感謝に堪《た》えませぬ。お口に合いますかどうかこれを……そして、腕貸しの手間賃は、お約束通りで宜《よろ》しいので？　残金は半金十両ですが……」

「甚内さん、そんな堅苦しい物云いは止めませんか？　もっとざっくばらんにいきましょう。今の私には、喉《のど》から手の出るほど、嬉しい手間賃です。有難く頂戴致します」

低頭する敬之助を見て、甚内は袂《たもと》から手拭《てぬぐ》いを取り出し、暑くもないのに額《ひたい》と頸筋《くびすじ》の冷や汗を拭った。

「今まで通り気楽にいきましょう」

「いえいえ、そのような恐れ多い……また、改めまして、当主助次郎様と母君お梅の方様とともに、ご挨拶《あいさつ》に伺いまする。本日は何とも……」

立ち去ろうとする甚内と入れ違いに、また訪いの声がした。

「御免、南町の木島新八郎です。ご無礼致します」

障子が恐る恐ると云った風にゆっくり開いた。おめえはここで待ってろ、と岡っ引きの辰蔵に云い付けている。

「木島さんか。入ってください。さぁさぁ」

木澤甚内が、ではそれがしはこれにて、と畏《かしこ》まって去ると、新八郎が入り、上がり框《がまち》の前に立ったまま、声を潜めて云った。

「わか、いや水川殿、昨夜またもや、葵《あおい》の御紋の短筒辻《たんづつつじ》撃《う》ちが出没しました」

「場所は？　どんな状況だった？」

「はっ、浅草広小路裏東仲町《ひがしなかちょう》、両替商の〈我孫子屋《あびこや》〉主人与兵衛《よべえ》が、町内の寄り合いの帰途《きと》、一発で胸を撃ち抜かれて絶命しました」

「ふぅむ。見境なしだなぁ」

「いかにも。上様の名誉を貶《おとし》める憎むべき辻撃ちの仕業かと」

「また、胸の上には、将軍家を中傷する恨《うら》みの言葉を書き付けた紙が置かれていたのかな？」

「はい、そのようです」

「神出鬼没《しんしゆつきぼつ》の辻撃ちだからな。あらかじめ出る場所が分かっていれば、こちらも迎え討つ手立てがとれるのだが……」

　暗中模索、手の打ちようがない――ただただ葵の紋が刻印された短筒で殺し、江戸町衆の恐怖を煽《あお》る。

　野放しにしておくわけにはいかない。何としても下手人《げしゆにん》を誅伐《ちゆうばつ》せねばならぬ。

　南町奉行筒井和泉守が総力を挙げて探索しているようだ。

「水川殿、御奉行様は、もしや、改易《かいえき》、お取り潰しに遭《あ》った今までの大名家の、浪人共の恨みを抱いての犯行ではないか、と」

「ちょ、ちょっと、木島さん、その格式張った喋り方は止《や》めませんか？　あなたたち奉行所の同心の方たちは普段、江戸っ子のべらんめえ口調ではないのですか？　それでお願いします」

「はっ、ではそのように……しかし、即座にはなかなか……徐々に、ということで、はい。え〜、ここ二、三日前より、御奉行自ら例繰方《れいくりかた》に閉じ籠もり、評定所《ひょうじょうしょ》へ出掛けて、武鑑その他各お大名の改易、家禄《かろく》没収など関わりのありそうな書類をお調べです」

「なるほど。頭が下がる思いだ。私からも宜しくお願いしますと伝えてください」

「では、私も早速参って……」

「そうだ。此方《こちら》からも水戸家目付組頭《めつけくみがしら》島田勘兵衛を遣わしましょう。勘兵衛にも奉行所の方針に協力させ、探索に手を貸させます」

「よろしくご協力をお願い致します」

新八郎がほっとした表情で、おい、辰蔵、行くぜ、といつもの調子を取り戻したらしく、颯爽《さっそう》と長屋の木戸を出て行った。

敬之助はずいぶん〈五郎兵衛店〉の住まいに落ち着きを感じていた。奇妙なもので、こうして市井《しせい》の暮らしに馴染《なじ》んでしまった我が身が愛おしい。

このまま何の制約もなく、江戸市中に埋もれることに、解き放たれた自由気儘《きまま》な気分を味わう暮らしも捨てたものではないぞ、と囁《ささや》く声も胸の裡《うち》に聞こえる。

堅苦しい大名暮らし、武士社会に戻ることに、ある種の抵抗があることは否めない。

さて、このまま木島新八郎や島田勘兵衛だけに任せてばかりで良いのか？

敬之助は己も探索に動かなければと、裏店を飛び出した。

昨夜の被害者、浅草東仲町、両替商〈我孫子屋〉与兵衛、そして、吉原土手で撃たれた米問屋〈讃岐屋〉――何か手掛かりが摑《つか》めるかも知れぬと、淡い期待だけを胸に訪れた。

公儀役人ではないので、思うようには訊《き》き質《ただ》すというわけにもいかず、歯がゆい思いもしたが、この半年間で覚えた袖《そで》の下で何とか聞き出せたこともあった。

家人や奉公人は誰もが口を揃《そろ》えて、下手人に全く心当たりはないと首を横にふる。ただ主人の懐中の財布、手首に巻いた巾着袋の中身がいずれも失くなっていたという。どちらも十両以上の大金が入っていたそうだ。さすがは大店《おおだな》の主人、持ち金の額が違う、と頷《うなず》けた。

ということは、ただの金目当ての物盗《と》りの仕業か？

だが一方、〈五郎兵衛店〉の夜泣き蕎麦屋の喜八爺さんや火の番の老人の射殺は、下手人には何の利もない。金目当てではなかった。大店の主人はたまたま懐《ふところ》に大金を持っていたので、行き掛けの駄賃で頂いたということか？

そしてその現場にはいつも『徳川に遺恨あり』と書き記された紙片が胸の上に残されていた。町中に恐怖心を植え付けようとしている、悪辣《あくらつ》な陰謀を感じる――。

この無差別な連続射殺事件をどう考えたらよいのだろう。

（よし、もう一度水戸家へ行き、十年前に短筒製作を手掛けた小坂玄朴の関わりを当たってみよう）と考え、小石川の水戸屋敷へ向かった。

門番の平助に他人行儀の訪いの案内など請わず、ずかずかと玄関を上がり、兄の居室へ赴いた。斉脩は机に書物を立て何やら読みふけっている。

「兄上、突然、お邪魔して申し訳ございません。宜しいですか」

兄は驚いた表情で、机を脇へ押しやり、向き合って云った。

「敬三郎か。……何ぞ、短筒事件に進展があったか？」

「それでございます。その件に付いて本日参上致しました。早速ですが、十年前、鉄砲方小坂玄朴が作りました将軍家へ献上の短筒の探索は、如何《いかが》なりましたか？」

「うむ、確かに上様にご献上され、大変なお喜びであったそうな」

「左様でしたか……では今も確かに御宝物蔵に納められているわけでございますね？　持ち出された記録や形跡はないのですね？　これで安堵致しました。ということは将軍家ゆかりの者の犯行ではないのは確実です。では、小坂家を訪ねて、当時のことを訊いて参りましょう」

「うむ、小坂は死んだが、奥方と嫡男が健在らしいぞ。当時のことが何か分かるやも知れん。手掛かりがあれば良いが……」

　では早速、と辞儀して、藩邸内に居を構える小坂家へ向かった。

　水戸家は二百以上ある大名家の中で、唯一江戸定府《じょうふ》とされ、国許に帰国することは稀《まれ》であった。藩主側近も江戸詰めであったため、小坂家も広大な敷地の一角に住まいがあった。

　冠木門《かぶきもん》を入り、玄関前で声を掛けた。

「御免。徳川敬三郎です。小坂玄一郎《げんいちろう》殿は在宅ですか？」

小者《こもの》が跪《ひざまず》き、これは若様、只今、と奥へ姿を消してすぐ、格子戸《こうしど》が開いて、疲れた表情の白髪の老女が現れた。始めは訝《いぶか》しげな表情であったが、敬三郎と認識するや、驚きの声を上げた。

「まぁ、若様、私どものような家になど、何用で……」

「少々お尋ねしたいことがありまして、急な訪問をお詫び致します。御子息はまだ？」

「は、はい。しかし勤めももう終わり、間もなく戻って参るかと」

「そうですか。いや、十年前の将軍家献上の短筒についてお尋ね致したいことが……」

「覚えております。どうぞ、お上がりくださいませ」

通された居室は、簡素だがきれいに整理整頓された八畳間だった。

床の間を背に座布団を敷かれ、敬之助は端座《たんざ》した。

「玄朴の妻、福《ふく》にございます。あの短筒につきましては忘れられない想いがございます」

「ほう、それはまた、どのような……」

「鉄砲方お役の主人が、全身全霊を籠《こ》めて作りあげた、将軍家献上の短筒でございましたから……それはもう、夜も日も明けず……私がお見せ頂いた完成品は、紫檀《したん》の握りと純銀で拵《こしら》えた飾りが見事な、息を呑《の》むほど美しい短筒でございました」

「私も、昨日のように覚えております。父の許しを得て、あの出来上がったばかりの美しい短筒を握り、的を撃った時の胸の震えるような感触は今もはっきりこの手に残り、忘れることが出来ません」

「そうですか。若様は、あれをお撃ちになられた……」

お福の顔も嬉しそうにほころんだが、ふと、眉《まゆ》がひそめられ、浮かない表情に変わった。

敬之助は、何かお福が気に病《や》んでいるのか、と心の裡を慮《おもんぱか》った。

「玄朴殿は、あれほど見事な将軍献上の短筒を作られました。その寝食を忘れての御努力を傍でずっと支え、見守られていたお福殿のご苦労は、他人には分かりませんん。さぞ、大変なことだったでしょう」

「有難うございます」

当時を思い出したのか、涙がはらはらと零《こぼ》れ、お福は瞼《まぶた》を押さえた。

「では、邪魔をした。玄一郎殿によしなに。ご無礼致しました」

立ち上がって去ろうとする敬之助を、お福が下から見上げて止めた。

「若様、お待ちを。お待ちください。お話が……」

必死さを感じ、敬之助は素直に座布団に座り直した。

「何か？」

「はい、はいっ、これは今までどなたにも……先日のお調べには、明かすことはできませんでした。今、十年も経って、若様にはお話しせずにはいられず……」

「如何なされた？　さあ、お話しください」

敬之助の優しい声音に促され、お福は驚愕の事実を吐露《とろ》したのだ。

「はい、実は、完成した短筒は、大事に大事に桐箱に納めて、床の間に飾っていたのですが、ある日失くなっていたのでございます」

「何と、失くなっていた……？」

敬之助は愕然《がくぜん》とした。

「このことが知られましたら、小坂家は廃絶、夫には切腹のご沙汰がくだされるのは明らかです。……その日のうちに、中間《ちゅうげん》の吾助の姿が消えておりました。あの者が盗んだのではないかと……」

「うぅむ。で、その後、吾助の行方は……」

「はい、吾助の親類縁者や仲間内を探しましたが、行方は杳《よう》として知れず……元々病弱でございましたが、気を病んだ夫は遂に床に臥《ふ》せってしまいました。夫は盗難に遭ったことを、殿さまにはひた隠しにして吾助の行方と短筒の行方を捜し回ったのです」

「お福殿、だが確かに献上の短筒は、お城の奥深い宝物殿に所蔵されてあることは、間違いありません。兄が幕閣に確認致しました。しかし、今世情を騒がせている葵の御紋の刻印された短筒と弾丸は確かに……どういうことでしょう？」

敬之助は腕を組んで深く黙考した。

「……それは、全く同じ短筒をもう一挺《ちょう》お作りしたからでございます」

「何と！　同じ物が二挺存在するということですか？」

眼を見張って驚く敬之助に、妻女福が応《こた》えた。

「はい、主人玄朴は、献上の品を吾助に盗まれ、お約束の日までにもう一度同じ物を製作しようと心を決め、それからは眠る間も惜しんで完成させたのでございます。病を押しての打ち込みようでしたから、日に日に身体《からだ》も弱り、完成の日に献上品を眺めながら満足げに息絶えたのでございます」

そう語る福の眼にはうっすらと涙が溜まり、しかし誇らしげでもあった。

「そういうご事情でしたか……お気の毒に……しかし、小坂殿のおかげで水戸家の面目《めんぼく》も保たれたということです。またよくぞ真実を話してくだされた。御礼申し上げます」

「いえ、若様からそのように頭を下げられて恐れ多いことでございます」

その時、からっと格子戸が開いて、若々しい声が聞こえた。

「母上、只今戻りました」

廊下に白面の青年が姿を現し、敬之助に気付いて平伏した。

「これは、若様、私は小坂玄一郎でございます。本日はいか様なことで拙宅などへお越しになられましたので」

「いや、十年前の献上品の短筒について、たった今、母上から貴重なお話を伺ったばかりです。して玄一郎殿は、只今のお役は？」

「鉄砲・大砲の掛《かかり》を務めさせて頂いております」

「ほうそれは……お父上の想いを誇りに勤めてください」

謝意を表し、小坂家を辞した。

その足で、兄の元に戻り、たった今聞いた真実を話した。

「何と！　もし江戸を騒がす短筒が、我が水戸家から盗み出された献上品であったなどと知れたら、えらい騒ぎになる。敬三郎、何としてもその短筒を探し出すのだ。何としても取り戻すのじゃ」

兄の顔は憂《うれ》いを帯びていた。


数日後の夕方、慌ただしく障子戸が開いて、島田勘兵衛の顔が覗《のぞ》いた。

ご無礼を、とさっさと座敷に上がり、端座した。

「敬之助様、ここ三、四日の吟味により、これはと思える事実が判明しました。狙《ねら》いは間違ってはおりませなんだ」

先日、水戸屋敷へ顔を出し、小坂家で知り得た驚くべき結果は、勘兵衛にも知らせてあった。

敬之助は下手人の絞り込みを奉行所と勘兵衛に任せ、己は盗難に遭った短筒の行方を捜したのだ。勘兵衛が云う。

「全国に浪人が蔓延《まんえん》し、幕府に遺恨を抱く武士は増える一方です。改易大名の数は五家、四家と以前よりは、徐々に少なくなってきてはおりますが、やはり今でも……」

敬之助にも、改易大名家の実情が分かるだけに、頷いて云った。

「うむ。御公儀の裁定にはいささか思うところあれど、しかし、その遺恨を何の罪もない無辜《むこ》の江戸町衆に標的を向けるとは……。その上、罪を幕府になすりつけ、徳川の威信を貶めるために、葵の紋が刻印された短筒弾丸を使うなど、勘弁ならぬ」

「敬之助様、盗まれた方の短筒でございますが、どうやら、いわく付きの品や故《こ》買品《ばいひん》を扱う、裏の世界では評判の〈三澤屋《みさわや》〉に売られていたらしいという話を掴みました」

「〈三澤屋〉？　どういうことかな？」

「はい、小坂家の中間に雇われる以前、吾助が京橋あたりで飾り職人として働いていたことを突き止めました。京橋界隈では名の売れた破落戸《ごろつき》で、悪い仲間と一緒に博奕場《ばくちば》へ出入りし、喧嘩強請《ゆすり》は毎度のこと。店主が云うには、職人としての腕は良いのですが、手癖が悪く、商売物を売り飛ばしたり、困り果てていたようです。ある日店主は、その故買屋〈三澤屋〉の店先で、自分の所で作った品物を発見したそうで……煙管《きせる》の根付、櫛や簪《かんざし》など間違えようのない物だったそうです。そこで、吾助という男が浮かび上がってきたというわけで……」

「うむ。その吾助という中間が、盗み出した短筒を売り飛ばしたのかな？　その確証はまだ摑めぬのか？」

「その後、吾助は大川に浮いていたそうです。悪い仲間との諍《いさか》いでそのような始末に……短筒の行方は途絶えてしまいました」

「そうか、よくぞそこまで突き止めてくれたな、勘兵衛。して、疑わしい御家は見付かったか？　当てはまる改易大名は何処《どこ》だ？」

「はっ、心当たりの大名家が二、三……」

「ほう……よし、明朝、奉行所の方へ参ろう。筒井殿も交えて話そう」

瓦版《かわらばん》屋が、四辻《よつつじ》に立って、面白可笑《おか》しく、また恐ろしげに昨夜の短筒辻撃ち事件を、大声で喚《わめ》き立てている。

「さあ、寄ってらっしゃい、見てらっしゃい。御用とお急ぎでない方はこれを見ずして、表は歩けないよ。どうです？　怖いねぇ、恐ろしいねぇ！　日の沈んだあと、真っ暗な夜はおちおちお外を歩けない。短筒の辻撃ちにズドーンと一発、胸撃ち抜かれて、あの世行きだぁ。もうゆんべの犠牲者で十人だ。死体の胸には、遺恨覚えたか、と三つ葉葵の紋が記された紙切れが残されている。あの上様、将軍様の葵の御紋がだよ、あたしたち何の罪もない町人を片っ端から撃ち殺すんですぜぇッ！　こんな理不尽なことがあってよろしいんでござんしょうか？　詳しいいきさつはこの瓦版にきっちりと書いてある。はい、たったの四文だよ。たった四文であなたも物知りになれる。さあ、読まなきゃ損だよ！」

江戸中の瓦版屋が恐怖心を煽るので、瓦版は飛ぶように売れた。怖い噂《うわさ》は瞬《また》く間に御府内にも知れ渡り、夜の盛り場は火の消えたように寂しくなっていた。

四つ（午後十時）過ぎには人通りも途絶え、犬の遠吠えのみが哀《かな》しげに響いている。

「火の用〜心、さっしゃりませ〜」の火の番の呼び声も震えて聞こえるのは気のせいか。

江戸の町衆は身をすくめて一夜をやり過ごし、無事朝を迎えると誰もがほっとするのだ。

翌朝、五つ半（午前九時）頃、数寄屋橋御門《すきやばしごもん》内、南町奉行所奥座敷に、敬之助、奉行筒井政憲、島田勘兵衛、木島新八郎の姿があった。

口火を切ったのは、このところ深く探索に関わっている筒井であった。

「此度の葵の御紋を刻印した弾を使用しての辻撃ち——かねてより、徳川幕府に対する遺恨を抱いての凶行と推察しておりましたが、島田勘兵衛殿と吟味探索した結果、過去御公儀により家禄領地を没収され、改易された大名家の浪々の身となった残党による、恨みを果たさんがための犯行ではないかと断じました」

どこか辛そうな表情で筒井が述《の》べた。藩主に過失があったとしても、藩士それぞれには罪があろうはずもない。ましてや、その家族のことを思うと胸が苦しくなるのは敬之助も一緒だった。

「その中に、これは、と思い当たる改易大名が、越前永田《えちぜんながた》五万八千石。藩財政を巡って改革派と保守派が激しく対立する中で、藩主永田越前守政宗《まさむね》が病死致しました。後継に、弟久義《ひさよし》を推す一派と、家老村山左京《むらやまさきょう》の子小太郎《こたろう》を推す一派が対立した結果、久義が家督を継ぎました。一方、左京は藩政の実権を握り、反対派を弾圧し、大騒動となりました。世にいう永田騒動でございます。これが幕府の知るところとなり、左京は斬首、久義も二万八千石が減封され、家臣は禄を失いばらばらに散ったものでございます」

奉行筒井和泉が、さらに続けた。

「もう一家、大森政光近江小杉《おおもりまさみつおうみこすぎ》藩、一万六百石が俎上に載りました。収賄で戸田《とだ》老中が失脚し、松平盛親《もりちか》様が老中になると、改易、除封となり、小田原《おだわら》藩主土久《つちく》保忠明《ぼただあき》家にお預けの身となりました。後、甥《おい》の大堀政継《おおほりまさつぐ》が直参旗本として名だけ存続致しておりまする」

「なるほど、これまで多数の改易大名のある中で、ようそこまで調べ上げましたな。御奉行、感服致しました」

率直に低頭する敬之助に、筒井和泉守は恐縮した。

「何をおっしゃります。勿体ない、なお一層のお力添えをお願い致します」

筒井が江戸の絵図を広げ、扇子の要《かなめ》で指し示して説明した。

「神田小川町、武家屋敷の並ぶ一角にあるここ、旧永田家中屋敷、領地は没収されましたが、減封ということで屋敷は残り、いまだに旧家臣の連中が出入りしている模様——縄で縛った竹棒で閉ざされた門脇の潜《くぐ》り戸から平然と出入り致しております。本日より、木島新八郎と配下の岡っ引きに見張らせ始めます」

「うむ、よくぞそこまで調べました。よし、では今後はその二家に絞って張りつき探索するのだ。何か事あれば、私もすぐさま駆けつけましょう」

「若様がいらっしゃれば、我らも百人力でございます。では只今よりすぐにかかります。奴らの活動は夜に限ったことで、その点、当方も対策が立て易うございます」

「うむ。では、よしなにお頼み申します」

この日の合議は終わった。

その足で、塚本道場へ足を向け、しばらく休んでいた剣術指南《しなん》の業をこなした。敬之助は、何やら暗雲漂う予感がしていた。

二

翌朝、島田勘兵衛は、京橋常盤《ときわ》町《ちょう》にある〈三澤屋〉を訪れた。途中、ここは旧小杉藩大森家中屋敷に近いな、と切り絵図を頭に描いた。

薄暗い土間に立った勘兵衛を迎えたのは、番頭らしき陰鬱《いんうつ》な狐眼《きつねめ》をした中年の男だった。胡散臭《うさんくさ》げに、いらっしゃいませ、とは云ったが、歓迎の様子は全く見えない。勘兵衛は平然と身分を偽《いつわ》って名乗った。

「うむ、それがしは南町の隠密《おんみつ》方探索、島田勘兵衛と申す者。ご主人に内密に聞きたいことがある。取次ぎを」

「しばらくお待ちくださいませ」

と番頭は井戸の底から響くような声音で云って、奥へ姿を消した。

周囲を見回すと、由緒《ゆいしょ》ありげな壺や掛け軸、漆器茶道具などの骨董品、鎧甲《よろいかっ》冑《ちゅう》や武具など古道具が所狭しと並べられていた。

「お待たせ致しました。主《あるじ》の徳兵衛《とくべえ》でございます。お役人様、こちらで宜しゅうございますか？」

声にふり返れば、主人だろう、でっぷりと肥えた五十がらみの大男が上がり框に出てきた。

「内密の話だが、ここで良いのだな」

勘兵衛は、脅すような低い声で問うた。

「商売柄、色々なお話、お品物が持ち込まれます。いちいち奥の間へお通しするわけにも……」

「よろしい。では、単刀直入《たんとうちょくにゅう》に訊く。十年前の話だ」

「十年前？　それはまぁ何と、気の長い。どのような品でございますかな？」

「葵の紋入りの短筒と弾丸数十発だ。覚えがあるかな？」

途端《とたん》に、徳兵衛の顔が蒼白に変貌した。覚えがあるのだろう。矢継《やつ》ぎ早《ばや》に勘兵衛が突っ込んで訊いた。

「持ち込んだ者は、水戸藩家中の小坂家の中間の吾助と申す者。覚えているな！」

「さぁ、なんせ、十年も前のこととなりますと……私どもが扱います品物は数限りなく多く、一つ一つ覚えておくなど、神業でございましょう」

いいしらを切る徳兵衛の心の臓の高鳴りが聞こえるような狼狽《うろた》えぶりだった。それを察した勘兵衛は、吾助が持ち込んだことを確信した。

「徳兵衛、いかほどで買われたのかな？　そして、幾らで誰に売ったのか！　隠さずに教えるのだ」

「……ですから、そのような古いお話は、手前どもは……」

「その短筒が、今お江戸を騒がす辻撃ちなのを知っているか！　次第によっては奉行所へしょっ引き、裁きの場に引き据えるぞ。その前に、白状するまで恐ろしい拷問が待っている」

徳兵衛の顔色は朱に染まり、青ざめ、頰肉《ほお》がぶるぶると震え始めた。

「わ、私どもの商売は持ち込まれる品の出所やら、売った先やらを、むやみに人様にお教えすることは、勘弁頂いております」

徳兵衛の躰はもう押さえようもなく、全身がわなわなと震えている。

「分かった。近くに旧小杉藩大森屋敷があるな。まさか、売った先はあそこではあるまいな」

「め、滅相《めっそう》もございません。何故《なにゆえ》そのようなことを……」

「よし、御奉行に相談の上、明日また来る。明日は何もかも正直に話した方がよいぞ。御免、邪魔をした」

脅し過ぎたかな、と思いつつ、勘兵衛は〈三澤屋〉をあとにした。確かな手応えを感じていた。

時を経ずして、番頭が店を飛び出し、どこかへ駆け去ったのを勘兵衛は見逃した。


その晩、敬之助は、〈五郎兵衛店〉の住まいで、勘兵衛から朗報《ろうほう》を受けた。

「うむ、短筒の売り先は小杉藩に間違いあるまい。小杉藩残党がどこに身を隠しているかだな。勘兵衛、ご苦労だが、今から、南町奉行所へ行き、御奉行にこのいきさつをお報《しら》せし、小杉藩残党の行方を探索するよう頼んでくれ」

「委細承知《いさいしょうち》」

勘兵衛は風のように去った。敬之助自身も、明日は京橋界隈を探し歩こうとの腹積もりだった。

このところの〈萬、腕貸し業〉は開店休業の有り様だが、それも致し方無しだ。塚本道場の指南だけは続けている。

短筒事件の解決の方が先だ。

敬之助は、剣術指南が終わった午過《ひる》ぎ、ぶらりと京橋〈三澤屋〉あたりを歩いてみた。古めかしいたたずまいの故買屋だった。

ついでに何気ない風を装って暖簾《のれん》を潜り、店の土間に足を踏み入れた。なるほど、好き者なら喉から手が出るほど欲しそうな骨董品や古道具の数々が並び揃えられていた。

「いらっしゃいませ、何かお探しのものが……」

背後で暗い声が迎えた。ふり返ると、果たして、狐眼で痩身の番頭だろう男が、手を揉《も》んで小腰を屈《かが》めた。奥の帳場に、でっぷりと太った主の姿も見える。

「いやぁ、何か珍しい鉄砲や短筒なんぞは置いていないかな?」

さりげなく鎌《かま》を掛けた。狐眼の男はぎょっとした表情に変貌し、徳兵衛をふり返った。

「だ、旦那様、こちらのご浪人様が、珍しい短筒か鉄砲をお探しとか……」

そそくさと立ち上がってきた徳兵衛は、探るような上眼遣《うわめづか》いで、

「はいはい、どのような短筒をお求めで……」

「私はまだ短筒とは決めていない。古い鉄砲とか、あるいは……葵の御紋の刻印された短筒でもあれば、とな」

途端に真っ青になり、悲鳴に近い甲高《かんだか》い声が喉からほとばしり出た。

「あ、貴方様は、どちらの藩の方でございますか？」

「旧小杉藩大森家の者だ。昔こちらで、将軍家献上の短筒を買い求めたのだが、覚えておいでか？」

「わ、私どもではそのような大それた品物は扱ったことはございません。なにかのお間違えでは」

「では、水戸藩家中の小坂の中間の吾助という者に心当たりは？」

「さぁ、一向《いっこう》に……」

「左様か。無礼した」

小心者の主を残してゆったりと〈三澤屋〉を出た。店の横の天水桶《てんすいおけ》の陰にさりげなく立ち、番頭か主人が出てくるだろうと予想し待ち受けた。勘は当たった。

主人徳兵衛が慌てふためいた様子で走り出てきた。

（何処《いずこ》へ行くのか？）懐手で十間（約十八メートル）ほどの距離をおいて尾《つ》け始

めた。

陽はまだ中天《ちゆうてん》にあり、空は真っ青に空は澄み渡っているが、吹く風も冷たく、冬の訪れは早そうだ。前を行く徳兵衛は脇目もふらず、懸命に足を動かしている。

勘兵衛に続いての敬之助の訪いで、よほどの衝撃を受けたのだろう。

下手人の巣窟《そうくつ》に導いてくれるだろうとの勘があった。

京橋から半刻、市ヶ谷御門付近の武家屋敷の中に一軒、軒《のき》も傾いた朽《く》ちかけた屋敷があった。

徳兵衛の姿は、躊躇《ためら》う様子も見せず、すぅっと門内へ吸い込まれて行った。四つ辻を曲がればそこはもう町屋が建ち並び、賑わいを見せている。

敬之助の腹がぐぅとなった。腹に何も入れてないのを思い出した。角に蕎麦・めしの提灯《ちようちん》を見付け、暖簾を潜った。

いらっしゃい、と陰気な声が迎えた。かけ蕎麦を冷やしつけ汁でかき込み、

「親爺《おやじ》さん、少々ものを尋ねるが、そこの荒れ果てた屋敷には誰かが住まっているのかな?」

「へぇ、胡散臭いご浪人さんがうようよ出入りしてますぜ。うちの店にも顔を出

しやすが、西の方の訛《なま》りで喋《しやべ》ってますなぁ」

（近江だ、間違いない、近江小杉藩……）敬之助は確信を持った。

「親爺さん、ありがとう。旨《うま》かったよ。これを取っといてくれ」

十六文に上乗せして三十文を飯台に置いて立ち上がった。

「これは、お侍《さむれ》ぇさま、有難うございました」

この半年で覚えた町人の金の払い方だ。その足で奉行所を訪れた。

南町奉行の筒井が、恐縮して出迎えた。

「御奉行、先夜の射殺事件現場は、外堀沿いの市ヶ谷田町《たまち》だった。下手人が犯行後、逃げ込むには恰好の場になる。市ヶ谷御門近くのその荒れ屋敷付近の見廻りも今後は重点的にお願いしたいのですが」

「我ら南町も総力を挙げて、探索に力を注ぎましょう。木島新八郎を専任にし、同心たちを交互に、その市ヶ谷御門の屋敷を見張らせます」

市ヶ谷御門付近、近江小杉藩の残党が巣食うと思われる朽ち果てた屋敷の門前に、筒井の命で、同心木島新八郎と岡っ引き三ノ輪の辰蔵の張り込む姿があった。

月も星も見えない、墨を流したような暗夜であった。

近くには、御三家の一つ尾張藩の上屋敷がある。敷地七万五千坪の広大なお屋敷だ。

門前の松の大木の根元に座り込んだ辰蔵が煙管の煙を吐き出して、傍《そば》の新八郎に囁いた。

「ねえ旦那、こう真っ暗だと、辻撃ちにとっちゃお誂《あつら》え向きでござんすねぇ。鼻を抓《つま》まれても分からねえや」

「だから見当《けんとう》つけて張ってるんじゃねえか。油断するんじゃねぇぞ」

「へえ、分かっておりやす」

煙管を掌《てのひら》で叩《たた》いて火を飛ばしたその時――。

ギィッと嫌な軋《きし》み音を立てて潜り戸が開いた。

二人は松の木の陰に小さく身を寄せて、首を伸ばして覗いた。

まず、無紋の提灯が突き出され、そのあとから、頭巾《ずきん》を被った二本差しの武士が頭を屈めて姿を現した。見た途端、何故か、新八郎の背を悪寒《おかん》が襲った。

(当たりかな?)

何の根拠もないが、新八郎の勘だった。

「辰、行くぜ！」

小声で囁いて、するりと路地へ出て尾けだした。辰蔵も以心伝心、獲物に狙いをつけた猫の歩き方だ。

気付かれぬように、音を立てぬように。

頭巾の侍は、外堀に背を向けて、のんびりした歩き方だ。提灯をぶらぶらと提げて、尾張藩上屋敷の長い土塀に沿って、武家小路を行く。

と、尾張藩の上屋敷の裏の潜り戸を開けて、二人の武士が出てきた。

二人の手には、葵の紋の入ったぶら提灯。こちらに向かって歩いてくる。

時はまだ戌の刻（午後八時）、これから、酒でも呑みに出掛けようかといった風情だ。軽い笑い声が微《かす》かに耳を打つ。

頭巾の侍が足を速めた。待ち受けていたのだろう。武士との距離が縮まった。

新八郎が二人の武士に向かって叫んだ。直感だった。

「危ねぇッ、逃げなせぇッ。短筒だ！」

前方の侍二人の足が止まった。

頭巾の侍が、声の方をふり向いて、新八郎と辰蔵の姿を認めたらしい。尾張藩士に向き直った時には、懐中から取り出した短筒が握られていた。

前方で透かし見ていた二人の侍が、押し殺した声で誰何《すいか》した。

「何奴だッ！　貴様が近頃江戸市中を騒がす、短筒辻撃ちの下手人かッ！」

薄く含み笑いが聞こえた。気味悪い低い声音だ。

「ふふふ、ならば、どうする？　葵の紋の短筒に撃たれて死ぬなど、尾張藩士ならば本望であろうが。ふふふふ」

静寂の闇に、ダーンと鋭い破裂音が響いた。

前方の侍一人が、胸をかきむしりながら、のけ反《ぞ》って倒れた。

おのれ、と叫んで残った一人が提灯を投げ捨てて抜刀し、頭巾の侍に迫った。

頭巾の侍も抜刀し、腰を落として駆け寄った。たちまち距離が縮まる。

擦《す》れ違ったと見る間に、二刀が鈍く煌《きら》めき交差した。

尾張藩藩士がクルッと一回転して刀を投げ出し、虚空を摑んで倒れた。

石畳の上に微かに燃え残った提灯の灯りが揺れている。

頭巾の侍が、残心の構えから、じわっとふり返って新八郎と辰蔵を視た。

闇の中でも、提灯のおぼろな灯りに白眼が煌めいた。

六間（約二十メートル）の距離を隔《へだ》てて、酷薄な双眸《そうぼう》が睨んでいる。

「御用だ！　テメエが下手人だな」

新八郎が腰の朱房《しゅぶさ》の十手《じって》を引っこ抜いて突き出した。辰蔵も倣《なら》った。

「八丁堀の小役人か。笑わせるな、貴様も葵紋を喰らえ」

云いながら、悠然と短筒に弾を込めている。六間の距離が斬《き》り込みを阻《はば》んでいた。

「辰、おめえは逃げろ、市ヶ谷見付の番所に駆け込めッ」

「だって、旦那を放って……そんなことぁ出来ねぇ！」

「いいから、行け」

新八郎が無理に辰蔵の肩を押した。

「もう逃げられんぞ」

声にふり返れば、既に弾丸が装塡《そうてん》された短筒の銃口が、殺意を込めて新八郎を狙っていた。

（遅かった）辰蔵は松の古木の陰に身を隠した。

新八郎一人、蛮勇《ばんゆう》をふるって飛び道具に立ち向かう気満々だった。これまでの犠牲者のように、ただ恐怖に強張って立ちすくんではならない。

やはり、武芸者の本能は、小刻みに左右に躰の位置を変え、狙う的を絞らせない。斬り込む隙を窺《うかが》って差を詰めていく。

銃口もそれに合わせて左右に揺れる。

その時、夜のしじまを破って、ピィーと鋭い呼子《よびこ》が鳴った。辰蔵の笛だ。

武家小路に呼び笛の音が頼もしく鳴り続けた。

頭巾の侍が、舌打ちして引き金を引くのと、飛び跳ねた新八郎の必殺の抜き打ちが同時であった。

鏡新明智流目録必殺の居合抜き打ちが空気を裂く——。

しかし、弾丸の迅《はや》さに敵《かな》うはずがない。

うっと呻《うめ》いて右肩を撃ち抜かれた新八郎が、刀を取り落として頽《くずお》れた。

旦那、と悲痛な叫びを上げて、辰蔵が転げるように飛び出て駆け寄り、新八郎を抱き起こしながら呼子を吹いた。

頭巾の侍が、前後を透かし見て、市ヶ谷御門方面に駆け去った。

「旦那、しっかりしておくんなせぇッ」

「俺はでぇじょぶだ！　早《はえ》ぇとこ、見付の自身番《じしんばん》で助けを呼んで来な」

「へえ！」

声と同時に辰蔵の姿は、脱兎のごとく暗闇の中に消えた。

あとには武家小路の静寂のみ。痛みを堪《こら》える新八郎の呻き声が響いた。

何処かで、ひとしきりけたたましい犬の吠え声が続いて、やがて哀しげな遠吠えが応えた——。

三

翌朝、四つ（午前十時）、敬之助は、八丁堀の同心組屋敷に木島新八郎を見舞った。呉服橋から数寄屋橋御門の間、茅場町《かやばちょう》あたりの敷地三万三千坪の内に南北両奉行所合わせて、与力五十騎、同心二百四十人の居宅が建っている。

その中ほどの所領地百坪に木島新八郎の平屋の住まいがあった。

御多分《ごたぶん》に漏れず、新八郎も、その敷地半分ほどの土地に長屋を建て、町人に貸しているらしい。

日々の生計の足しに、商人や職人に住居を貸して店賃を得るのは致し方のないことだ。禄二百石の与力と違って、三十俵二人扶持の軽輩同心は皆、似たようなものだった。

「御免。木島新八郎どのは御在宅ですか？　水川敬之助ですが……」

奥の部屋から、慌てた返事が聞こえた。

「は、はい。た、只今……」

出てきたのはお抱え岡っ引きの三ノ輪の辰蔵であった。

上がり框に亀のように首をすくめて、畏まった。

「こ、これは若様、このようなところにわざわざおいでくださりまして何ともはや……」

「いいから、いいから。上がらしてもらうよ」

さっさと草履《ぞうり》を脱いで上がり、奥の小さな庭に面した座敷に向かった。

布団の敷かれた上に、新八郎が肩から右上腕を包帯で吊り、懸命に起き上がろうともがいている。

「こ、これは、若様、このようにむさ苦しいそれがしの住まいなどへ……恐れ多いことでございます」

「何を云っている。私の住まう〈五郎兵衛店〉よりマシさ。それより、そのままそのまま。無理をせずに」

「恐れ入ります」

それでも半身を起こして、敬之助に対した。

「昨夜は大変でしたね。命だけでも取り留めて、不幸中の幸いでした。今まで狙われて生き残った者は一人もいなかった。新八郎どのだけが生き証人だ。して、下手人はどのような奴でしたか？」

「一人でした。頭巾を被って、市ヶ谷御門付近、若様に教えて頂いた朽ち果てた屋敷から出て参りました。短筒のみならず、剣の方も並々ならぬ手練《しゅれん》と見ました。襲撃された尾張藩藩士を待ち伏せての犯行に違いありません。提灯に描かれた葵の御紋が目に入らぬはずはありません」

「ふむ。今度は葵の紋に対するあからさまな挑戦と見える……今までの誰彼構わずの江戸町衆ではなく、将軍家の葵紋を狙ったのか。して、奉行所の金創医《きんそうい》は、弾丸を取り出したのかな」

「無論です。おい、辰蔵、取ってくんな……おいおい、お茶も差し上げてねえじゃねぇか」

「へえ、すんません。今すぐ……」

辰蔵が大慌てで立ち上がり、床の間の引き違い棚の上に置かれていた弾丸を敬之助に渡し、台所へと消えた。

敬之助は手に取って、ためつすがめつ吟味した。

「ふぅ～む。十年ほど前に私が撃った弾と同じものであるかどうか……もう年月が経ち過ぎて判別出来ぬ。しかし、おそらく同じ物でしょう。ともかく、新八郎殿、無事で何より……代わりは島田勘兵衛に任せる。安心して横になっていてください」

その時、辰蔵が盆に載せた湯呑茶碗を、え〜、粗茶でごぜえます、と敬之助の畳の前に置いた。

「辰蔵、すまぬ。どうだ、新八郎どのの傷が癒えるまで、勘兵衛の手先として働いてみるか？」

「いえ、あっしは、木島の旦那の傍で看病致してえと存じやす。すんませんⅠ」

「いやいや、私こそすまぬことを云った。手下としては主人を甲斐甲斐《かいがい》しく介抱するのは当然のこと……新八郎どのは独り身か？　色々大変だろうなぁ」

「いえ、甲斐性のない同心風情では、なかなか嫁の来手など見つかるものではございません」

「はっはっは、それは私も同様、お互い不便だなぁ」

「ご冗談を。若様はいずれ水戸藩を背負って立つ御身でございます。我々とは

……」

「身を挺《てい》しての探索、感服しました。充分に養生してください。邪魔をした」

新八郎に見送られたその足で、五町と離れぬ南町奉行所へ向かった。

二人の門番に六尺棒《ろくしやくぼう》を交差されて、足止めを喰らった。

「私は水川敬之助と申す者。御奉行とは昵懇《じつこん》の間柄、お取り次ぎのほどを」

「これにて待たらっしゃい！」

着流しの浪人姿では無理からぬことだった。しばらく、門前で待つと、用人《ようにん》と見える老爺《ろうや》が駆け出てきて、恐縮の態《てい》で云った。

「知らぬこととは申せ、門前でお待たせするなど、ひらにご容赦を」

浪人に頭を下げる用人に、門番は訳も分からず、目を白黒させている。

「しがない素浪人ですよ。そう立腹せずに」

「恐れ多いことで……ささ、奥へ」

用人の案内で、長い廊下を幾つも曲がり、奉行筒井和泉守の居室へ入った。

下城したばかりと見えて、まだ裃《かみしもはかま》袴だった。

気付いた奉行がさっと頭を垂れる。

「これは若様、下城してすぐでござりますれば、ご無礼仕りまする」

「御奉行、早速ですが、本日の幕閣の評定はどうでした？　昨夜の尾張藩家臣が襲撃された一件について話は？」

「本日の合議は紛糾致し、御老中方は皆さま、これは将軍家に対する重大なる挑戦である、とお怒りの御様子で。一刻も早く下手人どもを捕らえ、誅伐《ちゅうばつ》せよとの厳しいお達しでございました」

和泉守は膝を乗り出した。

「そうでしょう。御三家の一つ、尾張藩が文字通り狙い撃ちされた。これまでとは違って、徳川家への凶行ですからね」

「老中首座水野様がお怒りを爆発させまして、これは将軍家への脅迫、嫌がらせ、徳川様の御威光を貶めんがため以外の何ものでもない。公儀として断じて許すわけには参らぬと、それはそれは口を極めて、改易大名の残党を誹《そし》り、殲滅《せんめつ》せねばならぬ、と力説されておりました」

「はじめは、将軍家の仕業と見せて、江戸庶民を震え上がらせたが、遂に本性を現した。真実は徳川家への復讐が目的であったのでしょう」

敬之助には、幕閣連中の姿の見えぬ敵に震えおののく恐怖が、手に取るようにわかった。

「また、御老中の大久保《おおくぼ》様が申すには、次は紀州様、その次は水戸様、御三家のあとは田安《たやす》徳川家、一橋《ひとつばし》徳川家、清水《しみず》徳川家と果てしなき復讐が続くのではないか、と。両奉行所力を合わせ、この前代未聞の重大事を解決するのじゃ、とまあ、町奉行として立つ瀬がございませなんだ」

筒井和泉守の双眸には、苦渋《くじゅう》の想いが色濃く滲《にじ》んで、内心の動揺が察せられた。

敬之助が励ますように、明朗闊達《めいろうかったつ》に云った。

「御奉行、思い悩むことはありません。幸い、奴らの根城も摑んでおります。御奉行もご存じの島田勘兵衛が隠密に探索しております。必ずや、もっと詳細を、出入りする顔ぶれなどを摑んで戻って参りましょう。ご安心くだされ」

「我ら奉行所としても、手を尽くしておりますが、この難事を水戸家の若様に頼り切ってよろしいものかどうかと……」

「葵の紋を負う者として、ここは一つ先頭切って、奮励努力せねば」

「ついては、一網打尽《いちもうだじん》にすべく、あの屋敷を日夜見張りを続け、出入りの商人らを手なずけて、小杉藩との関わり、素性など調べ上げます」

敬之助は、筒井と綿密な打ち合わせをしてから、南町を辞去した。

四

島田勘兵衛が〈五郎兵衛店〉の敬三郎の居宅に戻って来たのは、七つ半（午後五時）を回っていた。

もう十月も終わり季節も霜月《しもつき》（十一月）だ。冷たい風が肩をすくませる。

敬之助は三畳間にある火鉢《ひばち》に炭を継ぎ足し、五徳《ごとく》の上に鉄瓶《てつびん》を置いた。

寒さの苦手な敬之助は熱い茶を呑みたかった。

表の腰高障子の開く音がして、勘兵衛の声が聞こえた。

「勘兵衛です。上がらせて頂きます」

急須から淹れた湯呑茶碗を手に迎えた。

「ご苦労だった。どんな具合だ？」

「敵は三、四十人。あの屋敷に参集しております。頭領は、元家老の大山主膳《おおやましゅぜん》。その下に、此度の短筒事件の首魁《しゅかい》、木暮源之進《こぐれげんのしん》なる者、あとは公儀に牙《きば》を剝《む》く有象無象《うぞうむぞう》の浪人ばら。中には、腕に覚えの手練も何人か巣食っている模様です。それがしと若君の二人で、よもや後塵《こうじん》を拝《はい》するとは考えられませぬが、万全の用意で乗り込みましょう」
「勘兵衛、表は寒かったろう、一服どうだ？」
と湯気の立つ湯飲み茶碗を膝元に置いた。恐縮した勘兵衛が、
「御自ら……勿体ない。頂きます」
「勘兵衛、百万の味方を得た思いだ。まずは葵紋の短筒を取り戻すこと。屋敷の周囲は奉行所の捕り方を張り巡らせ、一網打尽を期する。六つ半（午後七時）頃、出立と致そうか。兄からもらった衣装を着て行くとしよう」

陽も落ちて、町内の軒行灯《あんどん》にぽつぽつと灯が入り始める頃、敬之助、勘兵衛の二人は、市ヶ谷御門近くの旧近江小杉藩残党が巣食う屋敷の門前に立った。

敬之助はあずき色の着流し姿。両袂、左右の胸に一つずつ、背中に一つの金色刺繍《ししゅう》の三つ葉葵が施されている。

到着するまでは、無紋の茶羽織を羽織ってきた。

信頼に足る者と二人で悪の巣へ乗り込むという、己の物好きな振る舞いを悔やむ気持ちはない。無辜の民を救いたいという正義感があるだけだった。

腰には愛刀〈三日月宗近〉を帯びている。

軒の傾いた門扉の潜り戸を入ると、思ったよりも広い庭が眼前に広がり、常夜灯が二基ばかり橙《だいだい》色の光を投げかけている。

正面の開け放した座敷に燭台を立てて、大山主膳と思われる恰幅《かっぷく》の良い、齢《よわい》五十を幾つか回った男が端座していた。その脇に筋骨逞《たくま》しい三十歳過ぎの総髪の武士が一人、あと二人と酒を酌み交わしている。

敬之助、勘兵衛の二人は、話し声の聞こえる距離まで足音忍ばせて近付き、植え込みに身を隠した。

「源之進、そのほうの短筒は面白いほど、江戸庶民を震え上がらせておるな。幕府のお偉方も大慌てであろう……愉快愉快！」

御家老、と膝を進めて酒を注ぎながら、源之進と呼ばれた浪人が、

「葵紋の銃弾の犠牲者は既に十人超え、先日は尾張藩の藩士を二人屠《ほふ》りました」

「御家老、改易された我ら藩士の無念を、今こそ思う存分幕閣の奴らに思い知らせてくれましょうぞ」

腰巾着《こしぎんちゃく》らしき二人が調子を合わせて、おもねるように云った。

「貴様らも源之進を見倣って、葵の犠牲者をあの世に送ってやるのだ。さあ、そろそろ参ろうか。わしも今夜は陰でとっくりと見物させてもらおう」

斬らねばならぬ――。

敬之助は大きく息を吸った。

植え込みの陰から、敬之助が凛とした声を放った。

「そんなに葵の紋が憎いか」

顔見合わせた四人が庭の闇を透かし見て、押し殺した低い声で誰何した。

「何奴だッ！　顔を見せいッ！」

悠然と立ち上がった敬之助に続いて、勘兵衛もその精悍《せいかん》な顔を見せた。

元家老大山主膳以外の三人がばらばらと立ち上がり、縁先に並んで刀の鯉口《こいぐち》を切って呻くように云った。

「庭先に潜み、話を盗み聞くなど無礼であろう。武士の風上にも置けぬ。手は見せぬぞ」

「木暮源之進、貴様のような悪党の血に汚れた手など見たくもない。武士の風上と申したか。よくも今まで罪もない町衆の命を奪ってきたな。許すわけにはいかぬ。覚悟を決めて潔くこの世を去れっ！」

大山主膳はぐっと拳《こぶし》を握って睨みつけていたが、堪忍袋の緒が切れたか、座布団を蹴って憤然と縁先に出てきた。

「おのれぇ！　云わせておけば若造が……名を名乗れッ！」

敬之助の陰から島田勘兵衛がずいと進み出て、厳《おごそ》かに云った。

「このお方をどなたと心得る！　水戸中納言徳川斉脩様の弟君、徳川敬三郎様にあらせられるぞ。頭が高い、そこへ直れっ！」

主膳をはじめ四人が後退《あとずさ》りして敬之助を見据えた。

場を一瞬の静寂が支配した。

居直ったのか、大山主膳が鯉口切りながら居丈高に笑った。

「これは面白い、水戸の小童《こわっぱ》だとォ！　証《あかし》はどこにある？」

「それほど見たくば見せてやろう」

敬之助はそう云って、紐を解き、上に羽織った茶羽織をするりと肩から落とした。

着流しの胸や袂に、金色に刺繡された葵の御紋が燦然《さんぜん》と輝いて現れた。

ハッと息を呑む音が聞こえたが、それでも気を取り直して、主膳が喚いた。

「皆の者、出会え、出会えっ！　曲者《くせもの》じゃあ！　出会えっ！」

たちまち、三、四十人の浪人たちがどどっと廊下の板を踏み鳴らして、敬之助、勘兵衛の二人を取り囲んだ。みな、柄に手を掛け、抜き打ちの構えだ。

大山主膳が廊下から見下ろし、轟然《ごうぜん》と吼《ほ》えた。

「飛んで火に入る夏の虫とは貴様らのこと。これだけの人数を相手に、無事にこの屋敷を出られると思うてか！　馬鹿め！　源之進、葵の紋の刻印された弾丸で、その水戸の若様を名乗る虚《うつ》け者の胸の三つ葉葵をぶち抜いてやれ！」

源之進はゆっくりと短筒を取り出し、敬之助の右胸の紋に照準を合わせて云った。

「水戸の若様、我らが恨み骨髄のその胸の葵紋に弾を受けて、あの世へ行け！」

「もはや貴様らの生きる道は閉ざされた。改易以来、ただお上《かみ》に遺恨を抱き、悪行の限りを尽くした。悪事を犯した者は決して逃れることは出来ぬ。源之進とやら、見事この葵の紋を撃ち抜いてみろ」

「小癪《こしゃく》なっ」

胸の紋を叩いて見せた敬之助に向かって、木暮源之進が腕を伸ばして狙いをさだめた。

源之進が引き金を絞るのと、横っ飛びに跳んだ敬之助が鞘《さや》に仕込んだ小柄《こづか》を投げるのが同時であった。弾丸が、敬之助の耳朶《じだ》を唸《うな》りを上げて擦過《さっか》した。

飛来する小柄は、ぶすりと源之進の手首を貫いた。

それを合図のように、叫びとも雄叫《おたけ》びともつかぬ喊声《かんせい》を上げて、家来たちが一斉に抜刀した。

座敷の燭台と常夜灯の灯りを受けて、凶悪な光を放つ幾十本の刃先が、びっしりと連なっている。

勘兵衛が敬之助の後ろに廻り込んだ。

「若様、お背中はそれがしが固めまする。ご安心を！」

背中合わせに備えた二人に、大山家老の、掛かれの声を合図に家臣団が殺到した。

殺意を籠めた切っ先は鋭い。

敬之助の愛刀〈三日月宗近〉は銀鱗《ぎんりん》の跳ねるが如く、右に左に雷の迅《はや》さで煌めいた。

左右から二人が同時に斬り込んできた。右を跳ね上げ、左を斬り下げた。

右側の侍は、切っ先五寸で左頸筋から心の臓まで斬り裂いた。鮮血を迸《ほとばし》らせて虚空を摑んでのけ反って斃れた。

返す刀身は、左から右へ横薙ぎの一閃――胴を真っ二つに裂く。

瞬く間の早業だ。囲んだ敵方は、あまりの凄まじい斬り方に、恐れをなしたのか、どどっと後退した。

背後で、勘兵衛も掛け声鋭く斬りまくっている。

敬之助は、これだけの多数を相手に斬り合ったことはない。

心せねばならぬのは、刃を敵の刃とぶつけぬことだ。

運悪く、刃折れ、刃こぼれが起これば、一巻の終わりだ。敵の刃を受けずに斬り捨てることに尽きる。

しかし、刹那《せつな》の斬り込みに思わず刃で受けてしまったことが二度、三度――この乱闘のなかでは仕方あるまい。

また一人、正面から勇をふるった浪人が、大上段に斬り下ろしてきた。敬之助はそれを峰で弾いて右へ一歩廻り込み、ふり返るところを、真向唐竹割りに斬り下ろした。驚くべき日本刀の切れ味。敬之助自身が驚愕していた。

地には斬った者が十四、五人。

もはや、獅子奮迅《ししふんじん》の戦いぶりに恐れをなして、敵の切っ先も鈍《にぶ》りはじめた。

「何をしておるっ、斬れ斬れっ、斬り捨てぃ！」

一人廊下で喚き狼狽える大山主膳――。

立ちはだかった敬之助が静かに云った。

「見苦しいぞ、大山主膳。武士らしく、潔《いさぎよ》くあの世へ行け」

主膳は追い詰められた獣の如く歯を剝いて、破れかぶれで斬り込んできた。

主膳のふり被った刀より一刹那速く、敬之助の胴切りが薙《な》ぎ斬った。

のけ反った主膳がふり返って、なおもふり被る。

未練、と呟いた敬之助の愛刀が頸根に一閃した。

一方、木暮源之進と対峙《たいじ》する島田勘兵衛――。

先ほど、敬之助の小柄で手首に傷を受けた源之進は、それでも武士としての最後の矜持《きょうじ》を見せて、正眼《せいがん》に構えている。

勝敗は見えている。刹那――。

捨て身の斬り込みであった。

勘兵衛の足がすぅっと右へ動いて、源之進の腹を右から左へ薙ぎ斬った。おのれっ、とこの世に最期の言葉を残して、向き直った源之進の左頸根から心の臓までを、無情の剣が斬り下げた。

源之進は噴き出す鮮血の中でこと切れた。

勘兵衛が、転げ落ちていた短筒を拾い、敬之助の前に片膝をついて差し出した。

「若様、短筒を取り戻しましたぞ！」

「葵紋の威信も取り戻せたかな」

敬之助の胸には穏やかな安堵の波が漂うようだった。

〈萬、腕貸し仕《つかまつ》り候《そうろう》〉の看板は掲げたが、まさか、こんな天下を覆《くつがえ》すような大事に首を突っ込むとは思ってもみなかった。

五

翌る朝、敬之助は小石川の水戸屋敷へ行き、兄斉脩に葵の紋入り将軍家献上品の短筒を確かに手渡した。

「敬三郎、そちの働きはまことに見事であった。江戸市中にそなたが住んでいたことが役に立った」

「兄上、短筒も取り戻し、旧小杉藩一味も首魁《しゆかい》も斃《たお》し、手傷を負った一味の残党はすべて奉行所が捕縛し一件落着でございます」

「いや、心の底から安堵したぞ」

「兄上、今回の一件には、水戸藩が関わっていたなどと少しも漏れませぬよう気をお配りください」

「うむ、無論だ。云うまでもない。敬三郎、お前が市井に出るのを許したのは、広くひとの世を見たら、いくらか人間修養の足しにもなろうかと思ったのだが、それ以上だったな。これからも励めよ」

思いもよらぬ兄からのお褒めの言葉だったが、敬之助の心中には忸怩《じくじ》たるものがあった。

己は、いざという時には水戸家という大藩が後ろ盾にあるが、この半年あまり敬之助は、裏店に暮らす何人もの浪人たちを見てきた。

公儀より改易になり禄を失った藩士たちの生計が、いかに苦しいものであるか……老いた父母と何人かの子供を抱え、己は傘張り、女房は内職に明け暮れる。

浪人として生きることは、思う以上に苦しく大変なことなのだ。

今回の事件のように、藩取り潰しを幕府に逆恨み、罪もない町衆を殺めるなどという悪行は、必ず裁かれねばならない。

だが、そのように浪人が増える幕府の政《まつりごと》にも、原因の一端はあるのではなかろうか……。

この世を平穏に保つためにも、徳川家として力を尽さねばならないのだ。

敬之助は、強く胸の裡に思った。

表通りでは、瓦版屋が声を限りに客を集め、得意満面に喋っていた。

「さぁ皆の衆、今晩から枕を高くして眠れますぞぉ。あの短筒辻撃ち事件が一件落着したよ～。御奉行所がすべての悪人を捕らえて、解決だぁ！　これからは暗い夜道も怖くない、いつどこを歩いても心配はいらない。嬉しいねぇ、葵の御紋は、将軍様！　大したもんだ、見上げたもんだぁ！　さぁ皆の衆、これを読まずに、天下は語れない、さぁ買った買った、一枚四文！」

神田鍛冶町、〈五郎兵衛店〉、敬之助の住まいの軒下にぶら下がる〈萬、腕貸し仕り候〉の看板が、突風に吹かれて、くるくると回転した。もう木枯らしの吹く季節だ。

敬之助は、裏庭に面した縁側に座布団を二つ折りにして寝そべって、火鉢で手を温めていた。井戸端会議で騒がしい長屋のおかみさん連中のさえずり声を聞くともなしに聞き、うつらうつらとまどろんでいた。午も過ぎて、夕暮れも間近い刻限であった。

ひっそりと表戸から訪いの声がした。

「え〜、大家《おおや》の五郎兵衛にございます。在宅であられましょうや？」

「五郎兵衛さんか。開いてますよ。さぁ、入ってください」

起き上がって胡坐《あぐら》をかいて迎えた。

腰高障子を開け、大きな頭がぬぅっと土間に入ってきた。

「大分お寒くなって、年の暮れもじきですな。月日の経つのは早いもので……塩《あん》梅《ばい》はいかがなものですかな？」

五郎兵衛は、最近敬之助に対して言葉遣いが少し丁寧になった。何か感じ取っているのだろうか。

「五郎兵衛さん、何をしゃっちょこばっているんだい、固っ苦しくていけない。今まで通りで良いではありませんか」

「は、はい。それでよろしいので？　このところ、お偉いお武家様方が出入りなされて、もう手の届かぬ遠くのお人になられたかと……」

「そんなことはありません。今まで通りにお願いします。ところで、今日は何か相談事で顔を見せたのではないのですか？」

「そうそう、そのことでございます。さぁさぁ、遠慮せずに此方へお入りなさい」

表をふり返って誰かを呼び入れている。

はい、と消え入りそうなか細い声が応じて、三十路《みそじ》を少し過ぎたか、瓜実顔《うりざね》の美貌の女性《にょしょう》が、乱れた後《おく》れ毛をかき上げながら敷居を跨《また》いだ。決して、豊かな暮らしではない、と見て取れた。

その右手は五つぐらいの年端《としは》もいかぬ男の子の手をしっかり握り、寂しげな楚々《そそ》とした姿は、思わず何か構いたくなるような同情を覚える。

見れば、手を引く子供の眼と頬は紫色に腫れ、痣《あざ》となって痛々しい。

即座に、敬之助は立ち上がり、上がり框まで迎えに立った。

「さぁ、どうしました、遠慮せずにお上がりなさい。ささ、大家さんもご一緒に、さぁどうぞ」

「おそのさん、上がらせて頂きましょう」

「はい。さ、太郎《たろう》坊、お上がり」

五郎兵衛に背を押されるようにして、おそのと太郎が、敷居際に肩を寄せ合って座った。いじらしいくらいに遠慮深い。

その時、障子戸が開き、五郎兵衛の女房のお熊が、何やら盆に載せて、御免なさいよ、と独りごちて、ずかずかと上がってきた。こちらは、遠慮なんて言葉も知らないのではないかと思える、我が家同然の振る舞いだ。

「これ、もらい物だけど、みたらし団子だよ。さぁ、おあがり」

と、おそのと太郎の前に置いて、あっ、お茶も淹《い》れてあげようね、と勝手に立って、かちゃかちゃかちゃとやり出した。

「さあ。話を聞きましょうか？」

敬之助の問いに、五郎兵衛が乗り出して云った。

「先生、この太郎坊の顔を見てやってくださいまし」

「可哀《かわい》そうに、誰かに殴《なぐ》られたのか？　痛いかい？」

つと、敬之助が、太郎の腫れた頬に触れようと手を伸ばすと、太郎は怯《おび》えたように身を引いた。敬之助を見つめる眼は、恐怖に見開かれていた。

敬之助の胸中に、憐憫《れんびん》の情と、怒りの炎が同時に湧き起こった。

（こんないたいけな子をここまで怯えさせて、哀《あわ》れな……）

五郎兵衛が、気の毒そうに口を開いた。

「いえ、このおそのさんの亭主、勇吉《ゆうきち》というのが、普段は腕のいい飾り職人なんでございますが、酒を呑むと、人が変わったように焼き餅《もち》焼きになり……。この太郎はおそのさんの連れ子なんですがね、理不尽にも叩くそうなんで……。可哀そうにいつ見ても青痣拵えてねえ。見るに見かねて声を掛け、水川先生にお縋《すが》りしたら、とお連れしたわけです」

おそのは、ただ項垂《うなだ》れているばかりだった。時々、袖で瞼《まぶた》を拭っている。

「うむ。それで、おそのさんはどうしたいのだね？　亭主と別れたいのか、やり直したいのか？　どっちなんだい」

ずっと下を向きっぱなしだったおそのが、意を決したように、話し始めた。

「はい、普段は優しいのでございますが、この太郎が実の子ではありませんので、何かと理屈をつけてぶちます。この子のためには、別れた方がよいのかと……」

「うむ。分かった。よし、善は急げと申す。大家さん、参ろう。案内してください、その勇吉のところへ。おそのさんと太郎坊はここで待っていなさい。お熊さん、あとは頼んだよ」

「はいはいっ」

慌てて五郎兵衛があとについてきた。

〈萬、腕貸し仕り候〉――大忙しだ。多分、今回は手間賃は望めまい。

しかし敬之助は、何としても、おそのと太郎を救ってやりたかった。

もう冬を迎える江戸の町並みは、とっぷりと暮れて、あちこちに軒行灯に灯が入り始めた。暖かそうな明かりに比べて、敬之助の胸の裡は冷えていた。この侘しげな母子に温かい灯と暮らしを与えてあげたい……。

寒風が土を巻き上げる江戸の町を、敬之助は疾走する。

東の空低く、凍《い》てついた鎌《かま》を思わせる三日月が、輝いていた。

葵の若様 腕貸し稼業

一〇〇字書評

切り取り線

購買動機（新聞、雑誌名を記入するか、あるいは○をつけてください）	
□（　　　　　　　　）の広告を見て	
□（　　　　　　　　）の書評を見て	
□ 知人のすすめで	□ タイトルに惹かれて
□ カバーが良かったから	□ 内容が面白そうだから
□ 好きな作家だから	□ 好きな分野の本だから

・最近、最も感銘を受けた作品名をお書き下さい

・あなたのお好きな作家名をお書き下さい

・その他、ご要望がありましたらお書き下さい

住所	〒				
氏名		職業		年齢	
Eメール	※携帯には配信できません	新刊情報等のメール配信を 希望する・しない			

この本の感想を、編集部までお寄せいただけたらありがたく存じます。今後の企画の参考にさせていただきます。Eメールでも結構です。

いただいた「一〇〇字書評」は、新聞・雑誌等に紹介させていただくことがあります。その場合はお礼として特製図書カードを差し上げます。

前ページの原稿用紙に書評をお書きの上、切り取り、左記までお送り下さい。宛先の住所は不要です。

なお、ご記入いただいたお名前、ご住所等は、書評紹介の事前了解、謝礼のお届けのためだけに利用し、そのほかの目的のために利用することはありません。

〒一〇一-八七〇一
祥伝社文庫編集長　坂口芳和
電話　〇三（三二六五）二〇八〇

祥伝社ホームページの「ブックレビュー」からも、書き込めます。

www.shodensha.co.jp/bookreview

祥伝社文庫

葵《あおい》の若様《わかさま》　腕《うで》貸《か》し稼業《かぎょう》

令和 2 年 4 月 20 日　初版第 1 刷発行

著　者　工《く》藤《どう》堅《けん》太《た》郎《ろう》

発行者　辻　浩明

発行所　祥伝社《しょうでんしゃ》

東京都千代田区神田神保町 3-3
〒 101-8701
電話　03（3265）2081（販売部）
電話　03（3265）2080（編集部）
電話　03（3265）3622（業務部）
www.shodensha.co.jp

印刷所　堀内印刷
製本所　ナショナル製本
カバーフォーマットデザイン　中原達治

Printed in Japan ©2020, Kentaro Kudo ISBN978-4-396-34622-5 C0193

祥伝社文庫の好評既刊

工藤堅太郎 **斬り捨て御免** 隠密同心・結城龍三郎

剛剣を操る結城龍三郎《ゆうきりゅうざぶろう》が、凶悪な押込みと阿片《アヘン》密売の闇に迫る。闊達《かったつ》な台詞《せりふ》回しと迫力の剣戟《けんげき》が魅力の時代活劇！

工藤堅太郎 **正義一剣** 斬り捨て御免②

隠密同心は、自らを餌《えさ》に人斬り四人組を炙《あぶ》りだす！　さらに己の腕を斬り落とした仇敵と対峙する。

工藤堅太郎 **修羅《しゅら》の如《ごと》く** 斬り捨て御免③

真っ白な雪の野に、血の花が咲いた！幕府に巣食う巨悪が差し向けた、二十人の刺客、龍三郎は生き残れるか？

今村翔吾 **火喰鳥《ひくいどり》** 羽州《うしゅう》ぼろ鳶《とび》組

かつて江戸随一と呼ばれた武家火消・源吾《げんご》。クセ者揃いの火消集団を率いて、昔の輝きを取り戻せるのか⁉

今村翔吾 **夜哭烏《よなきがらす》** 羽州ぼろ鳶《とび》組②

「これが娘の望む父の姿だ」火消としての矜持を全うしようとする姿に、きっと涙する。最も〝熱い〟時代小説！

今村翔吾 **九紋龍《くもんりゅう》** 羽州ぼろ鳶《とび》組③

最強の町火消とぼろ鳶組が激突⁉　残虐な火付け盗賊を前に、火消は一丸となれるのか。興奮必至の第三弾！

祥伝社文庫の好評既刊

今村翔吾
鬼煙管《おにきせる》
羽州ぼろ鳶《とび》組④
京都を未曾有の大混乱に陥れる火付犯の真の狙いと、それに立ち向かう男たちの熱き姿！

今村翔吾
菩薩花《ぼさつばな》
羽州ぼろ鳶《とび》組⑤
「大物喰いだ」諦めない火消たちの悪あがきが、不審な付け火と人攫いの真相を炙り出す。

今村翔吾
夢胡蝶《ゆめこちょう》
羽州ぼろ鳶《とび》組⑥
業火の中で花魁《おいらん》と交わした約束――。消さない火消の心を動かし、吉原で頻発する火付けに、ぼろ鳶組が挑む！

今村翔吾
狐花火《きつねはなび》
羽州ぼろ鳶《とび》組⑦
水では消えない火、噴き出す炎、自然発火……悪夢再び！　江戸の火消たちは団結し、全てを奪う火龍に挑む。

今村翔吾
玉麒麟《ぎょくきりん》
羽州ぼろ鳶《とび》組⑧
真実のため、命のため、鳥越新之助《とりごえしんのすけ》は江戸の全てを敵に回す！　豪商一家惨《ざん》殺《さつ》の下手人《げしゅにん》とされた男の運命は？

今村翔吾
双風神《ふたつふうじん》
羽州ぼろ鳶《とび》組⑨
人の力では止められない、最悪の災《わざわ》い火焔旋風〝緋鼬《あかいたち》〟。東と西、武士と町人いがみ合う火消達を一つにできるか？